中国科幻经典大系

绿岸山庄

主编 姚海军 刘慈欣

海峡出版发行集团 | 福建少年儿童出版社
THE STRAITS PUBLISHING & DISTRIBUTING GROUP | FUJIAN CHILDREN'S PUBLISHING HOUSE

图书在版编目(CIP)数据

绿岸山庄 / 姚海军，刘慈欣主编．— 福州：福建少年儿童出版社，2024.5

（中国科幻经典大系）

ISBN 978-7-5395-7663-3

Ⅰ．①绿… Ⅱ．①姚… ②刘… Ⅲ．①幻想小说－小说集－中国－当代 Ⅳ．① I247.7

中国版本图书馆 CIP 数据核字（2021）第 210427 号

“中国科幻经典大系”入选“福建省优秀出版项目”

中国科幻经典大系

LÜ AN SHANZHUANG

绿岸山庄

主编：姚海军　刘慈欣
出版发行：福建少年儿童出版社
社址：福州市东水路 76 号 17 层（邮编：350001）
经销：福建新华发行（集团）有限责任公司
印刷：福州印团网印刷有限公司
地址：福州市仓山区建新镇十字亭路 4 号
开本：700 毫米 × 1000 毫米　1/16
字数：191 千字
印张：14.5
版次：2024 年 5 月第 1 版
印次：2024 年 5 月第 1 次印刷
ISBN 978-7-5395-7663-3
定价：38.00 元

前　言

在时光列车即将驶入21世纪之际，我国著名科幻作家叶永烈先生在福建少年儿童出版社的支持下，主编了洋洋大观的六卷本“中国科幻小说世纪回眸丛书”，用精心遴选的300万字作品，勾勒出20世纪科幻文学发展的基本样貌。叶永烈先生不仅是一位影响深远、对科幻文学有着独到观察的科幻小说家，他在科幻史料的发掘和研究方面，也做了许多开创性工作。因此，“中国科幻小说世纪回眸丛书”在今天仍然是回望20世纪科幻文学的上佳读本。

叶永烈先生对科幻文学的未来抱有很高的期望，他在该丛书序言中甚至提议：“以后在每个世纪末，都出版一套‘中国科幻小说世纪回眸丛书’。”但令人痛心的是，2020年，叶永烈先生过早地离开了我们。出版界的朋友始终铭记他生前的愿望，曾在福建少年儿童出版社工作多年、曾任福建人民出版社社长的房向东先生和福建少年儿童出版社现任社长陈远先生多次相约，希望我能与刘慈欣一起续编“中国科幻小说世纪回眸丛书”。

21世纪不是才刚刚开始吗？当我抛出这样的疑问时，两位出版人不约而同给出了一个相同的理由：虽然21世纪只过去了20年，但这20年是中国科幻迄今为止最为光彩夺目的20年，我们有理由提前实施叶永烈先生的计划。

我深以为然。

自进入21世纪，我国科幻便进入了高速发展的快车道——

以吴岩、韩松、柳文扬、何夕、星河、潘海天、凌晨、杨平、赵海虹等为代表的新生代作家，进一步壮大了他们在20世纪最后10年悄然发起的新科幻运动，为科幻文学带来青春的律动和类型的大幅拓展。

1993年偶然闯入科幻世界的王晋康，迅速在世纪之交成为中国科幻重要期刊《科幻世界》的台柱子作家，他的一系列短篇《生命之歌》《七重外壳》《终极爆炸》，以及后来的长篇《十字》《与吾同在》《蚁生》《逃出母宇宙》，为21世纪的中国科幻增加了文化上的厚重和哲学层面的思辨。

1999年，中国科幻界另一位明星作家刘慈欣闪亮登场，并在其后的10

年里密集发表了《流浪地球》《乡村教师》《中国太阳》等一系列高水准的中短篇佳作。2006年，刘慈欣的《三体》开始在《科幻世界》连载，一时洛阳纸贵。紧接着，2008年和2010年刘慈欣又相继出版了《三体2·黑暗森林》和《三体3·死神永生》，将《三体》三部曲发展成一个无与伦比的恢宏宇宙。2015年8月23日，刘慈欣的《三体》（英文版）获第73届世界科幻大会颁发的雨果奖最佳长篇小说奖，这是亚洲作家首次获得雨果奖，为中国科幻以及中国科幻与世界科幻的对话交流开创了全新局面。

《三体》引发了前所未有的科幻热潮，这一热潮甚至波及海外。《三体》在北美、欧洲以及日本都创造了中国科幻小说的销售纪录，并赢得了良好的口碑。《三体》在今天仍然备受关注，因此，最近10年也被很多评论家称为“后三体时代”。

“后三体时代”几乎无处不闪耀着《三体》的辉光，但就在这辉光中，新星的力量在悄然执着地生长。郝景芳、陈楸帆、江波、宝树、张冉、七月、拉拉、迟卉、长铗、谢云宁、夏笳、程婧波、顾适、阿缺、杨晚晴、梁清散、钛艺、廖舒波……新一代的科幻作家（亦称更新代作家）以更为敏锐的眼光审视并界定科幻的意义，试图在文化传统和国际潮流、现实和未来、科技和伦理的交织中找到立足的锚点。更让人惊喜的是，当下科幻舞台的中心，不仅有新生代、更新代，王诺诺、索何夫、陈梓钧、昼温、念语等90后作家也已经崭露头角。美国著名科幻作家大卫·布林预言，世界科幻的未来在中国。我想，有才华的年轻人不断涌现，应该是这预言最坚实的支撑吧。

科幻的繁荣，意味着我们无法仅以《三体》为轴心对这20年进行评说。中国科幻之所以丰富多彩，根本原因在于它的包容性。21世纪以来，以“何慈康”（指何夕、刘慈欣、王晋康）为代表的“核心科幻”取得了令人瞩目的成就，拥趸众多；韩松式“边缘科幻”也一直特立独行，绽放异彩。可以说正是由于有韩松式作家的存在，中国科幻才成为一个完美的大宇宙。韩松被认为是被严重低估的科幻作家，他的小说既有对当下至为深刻的洞察，也有对未来最为大胆的寓言式狂想，对飞氘、糖匪、陈楸帆等更新代科幻作家产生了深刻影响。

科幻的繁荣，还意味着针对不同年龄层读者创作分工的完成。在原本被认为属于儿童文学的科幻小说日益成人化的同时，在科幻的内部，少儿科幻分支开始重新被认识，并迅速发展。一方面，专门为儿童写作的科幻作家异军突起，包括杨鹏、赵华、马传思、王林柏、陆杨、彭柳蓉、超侠等，其中赵华、马传思、王林柏凭借自己的科幻创作获得了全国优秀儿童文学奖；另一方面，成人科幻作家进入少儿科幻领域也渐成趋势，王晋康、刘慈欣、吴岩、星河、江波、宝树等均创作了少儿科幻作品，吴岩的《中国轨道》也获得了全国优秀儿童文学奖。

这套“中国科幻经典大系”虽然未直接沿袭叶永烈先生“中国科幻小说世纪回眸丛书”的书名，但基本遵照了后者的编辑体例，将21世纪第一个20年科幻小说的主要创作成果分为12册呈献给广大读者，其中很多作品都获得了中国科幻银河奖、华语科幻星云奖等重要奖项，亦有不少作品被译成英、日、法、意等语言在国外发表。其中，《北京折叠》甚至获得了世界科幻大奖雨果奖，作者郝景芳也因此成为第二位捧得雨果奖奖杯的中国科幻作家。

佳作纷呈，但篇幅有限。因此，关于本丛书的选编，有几点需要说明：

一、因便利性等原因，本丛书未包含中国港澳台地区的科幻作品，将来有机会另补一编。

二、21世纪第一个20年科幻创作繁盛，为尽量多收录中短篇佳作，本丛书未收录长中篇及长篇作品。

三、同样因为篇幅有限，无法收录很多作家的全部代表作，我们只能优中选优。

四、个别作品因为版权原因，故未收录。

五、本丛书的编选由我和慈欣共同完成。我初选后，交由慈欣审定。慈欣阅读量惊人，很高兴和他一起完成这项有意义的工作。

六、感谢所有入选作者对主编工作的支持，感谢福建少年儿童出版社对本丛书选编工作的大力支持。福建少年儿童出版社是一家有科幻出版传统的出版社，20世纪90年代推出的“世界科幻小说精品丛书”、六卷本的“科幻之路”和六卷本的“中国科幻小说世纪回眸丛书”均影响深远。希望福建少年儿童出版社每隔20年，都能出一套“中国科幻经典大系”，直到22世纪，汇编成蔚为大观的第二套“中国科幻小说世纪回眸丛书”。

目 录

◆第15届银河奖获奖作品

地球大炮

刘慈欣

随着各大陆资源的枯竭和环境的恶化，世界把目光投向南极洲。南美突然崛起的两大强国在世界政治格局中取得了与他们在足球场上同样的地位，这使得《南极条约》成为一纸空文。但人类的理智在另一方面取得了胜利，全球彻底销毁核武器的最后进程开始了。随着全球无核化的实现，人类对南极大陆的争夺变得安全了一些。

新固态

走在这个巨洞中，沈华北如同置身于没有星光的夜空下的黑暗平原。脚下，在核爆的高温中熔化的岩石已经冷却凝固，但仍有强劲的热力透过隔热靴底使脚板出汗。远处洞壁上还没有冷却的部分在黑暗中散发着幽幽的红光，如同这黑暗平原尽头的朦胧晨曦。

沈华北的左边走着他的妻子赵文佳，前面是他们八岁的儿子沈渊，这孩子穿着笨重的防辐射服仍在蹦蹦跳跳。在他们周围，是联合国核查组的人员，他们密封服头盔上的头灯在黑暗中射出许多道长长的光柱。

全球核武器的最后销毁采用两种方式：拆卸和地下核爆炸。这是位于中国的地下爆炸销毁点之一。

核查组组长凯文斯基从后面赶上来，他的头灯在洞底投下前面三人晃动的长影子，“沈博士，您怎么把一家子都带来了？这里可不是郊游的好去处。”

沈华北停下脚步，等着这位俄罗斯物理学家赶上来：“我妻子是销毁行动指挥中心的地质工程师。至于儿子，我想他喜欢这种地方。”

“我们的儿子总是对怪异和极端的东西着迷。”赵文佳对丈夫说。透过防辐射面罩，沈华北看到了她脸上忧虑的表情。

小男孩儿在前面手舞足蹈地说：“这个洞开始时只有菜窖那么点儿大呢，两次就给炸成这么大了！想想原子弹的火球像个被埋在地下的娃娃，哭啊、叫啊、蹬啊、踹啊，真的很有趣呢！”

沈华北和赵文佳交换了一下眼色，前者面露微笑，后者脸上的忧虑又加深了一些。

“孩子，这次有八个娃娃！”凯文斯基笑着对沈渊说，然后转向沈华北，“沈博士，这正是我现在想要同您谈的——这次销毁的是八颗巨浪型潜射导弹的弹头，每颗当量都有十万吨级，八颗核弹放在一个架子上，呈正立方体布置……”

“有什么问题吗？”

“起爆前我从监视器中清楚地看到，在这个由核弹头构成的立方体正中，还有一个白色的球体。”

沈华北再次停住脚步，看着凯文斯基说：“博士，销毁条约虽然规定了向地下放的东西不能少于多少，但好像并没有禁止多放进去些什么。既然爆炸的当量用五种观测方式都核实无误，其他的事情应该是无所谓的。”

凯文斯基点点头：“这正是我在爆炸后才提这个问题的原因——只是出于好奇。”

“我想您听说过‘糖衣’吧。”

沈华北的话如同一句咒语，使这巨洞中的一切都僵滞不动了，所有的人都停下了脚步，指向各个方向的头灯光柱也都不再晃动了。由于谈话是通过防辐射服里的无线电对讲系统进行的，远处的人也都能清楚地听到沈华北的话。短暂的静止后，核查组的成员们从各个方向会聚过来，这些不同国籍的人大部分都是核武器研究领域的精英。

“那东西真的存在？”一个美国人盯着沈华北问，后者点点头。

据说，20 世纪中叶，主席得知中国第一次核试验完成的消息后，提出的第一个问题是：“那是核爆炸吗？”不知是有意还是无意，这个问题其实问得很内行。裂变核弹的关键技术是向心压缩。核弹引爆时，裂变物质被包裹着它的常规炸药的爆炸力压缩成一个致密的球体，达到临界密度而引发剧烈的链式反应，产生核爆炸。这一切要在百万分之一秒内发生，对裂变物质的向心压缩必须极其精确，向心压力极微小的不平衡都可能在裂变物质还没有达到临界密度前将其炸散，那样的话所发生的只是一次普通的化学爆炸。自核武器诞生以来，研究者们用复杂的数学模型设计出各种形状的压缩炸药。近年，人们又尝试用最新技术通过各种手段得到精确的向心压缩，“糖衣”就是这类技术设想中的一种。

“糖衣”是一种纳米材料，制造裂变弹时，人们用“糖衣”包裹核炸药，然后再在“糖衣”外面裹上一层常规炸药。“糖衣”具有自动平衡分配周围压应力的功能，即使外层炸药爆炸时产生的压应力不均匀，经过“糖衣”的应力平衡分配，它包裹的裂变物质仍能得到精确的向心压缩。

沈华北说：“你们看到的被八颗核弹头包围的那个白色球体，是用‘糖衣’包裹的一种合金材料，它将在核爆中受到巨大的向心压力。这是我们计划在整个销毁过程中进行的一项研究。毕竟这是一次难得的机会——当核弹全部消失后，短时期内地球上很难再产生这么大的瞬间压应力了。在如此巨大的向心压力下，实验材料会变成什么，会发生些什么，将是一件很有意思的事。我们希望通过这项研究，为‘糖衣’技术在民用领域找到光明的前景。”

一位联合国官员说：“你们应该把石墨放进‘糖衣’中去，那样每次爆炸都能得到一大块钻石，耗资巨大的核销毁工程说不定会变得有利可图呢！”

耳机里传来几声笑，没有技术背景的官员在这种场合总是受到轻蔑的。“八十万吨级核爆炸产生的压力，不知比将石墨转化为金刚石的压力大多少个数量级。”有人说。

沈渊清亮的童音突然在大家的耳机中响起：“这大爆炸产生的当然不是金刚石。我告诉你们是什么吧，是黑洞！一个小小的黑洞！它将把我们都吸进去，把整个地球吸进去！通过它，我们将钻到一个更漂亮的宇宙中！”

“呵呵，孩子，那这次核爆炸的压力又太小了……沈博士，您儿子的小脑袋真的不同寻常！”凯文斯基说，“那么实验结果呢？那块合金变成了什么？我想你们多半找不到它了吧？”

“我也还不知道呢，我们去看看吧！”沈华北向前指指说。核爆炸使这个巨洞呈规则的球形，洞的底面是一个小盆地。在远方盆地的正中央，晃动着几盏头灯，“那是‘糖衣’实验项目组的人。”

大家向盆地中央走去，感觉像走下一道长长的山坡。这时，凯文斯基突然站住了，接着他蹲下去，把双手贴着地面：“地下有震动！”

其他人也感觉到了，“不会是核爆炸诱发的地震吧？”

赵文佳摇摇头：“销毁点所在地区的地质结构是经过反复勘测的，绝对不会诱发地震。这震动不是地震。它在爆炸后就出现了，持续不断，直到现在。邓伊文博士说它与‘糖衣’实验有关，具体的我也不清楚。”

随着他们距离盆地中心越来越近，由地层深处传来的震动渐渐增强，直到脚底都感觉发麻，仿佛大地深处有个粗糙的巨轮在疯狂旋转。当他们来到盆地中心时，“糖衣”实验项目组中有一个人站起身来，他就是赵文佳刚才提到的邓伊文——材料核爆压缩实验项目的负责人。

“你手里拿的什么？”沈华北指着邓伊文手中一大团白色的东西问。

“钓鱼线。”邓博士说着，分开围成一圈蹲在地上的那群人，他们正盯着地上的一个小洞看。那个洞出现在熔化后又凝结的岩石表面，直径约十厘米，呈很规则的圆形，边缘十分光滑，像钻机打的孔。邓伊文手中的钓鱼线正源源不断地向洞中放下去：“瞧，已经放了一万多米了，还远没到底儿呢！经雷达探测，这洞已有三万多米深，还在不断延长。”

“它是怎么来的？”有人问。

“那块被压缩后的实验合金钻出来的。它沉到地层中去了，就像石块在海面上沉下去一样，这震动就是它穿过致密的地层时传上来的。”

“哦，天啊，这可真是奇迹！”凯文斯基惊叹道，“我还以为那块合金被核爆的高温蒸发掉了呢！”

邓伊文说：“如果没有包裹‘糖衣’的话会是那样的结果，但这次它还没来得及被蒸发，就被‘糖衣’聚集的向心压力压缩成一种新的物质形态，叫‘超固态’比较合适，但物理学中已经有了这个名称，我们就叫它‘新固态’吧！”

“您是说，这东西的比重与地层岩石的比重相比，就如同石块之于水？”

“比那要大得多，石块在水中下沉的主要原因并不在于比重，而是因为水是液体——水结冰后比重变化不大，但放在上面的石块就沉不下去。现在新固态物质竟然在固态的岩石中下沉，可见它的密度是多么惊人！”

“您是说它成了中子星物质？”

邓伊文摇摇头：“我们现在还没有精确测定，但可以肯定它的密度比中子星的中子简并态物质小得多，这从它的下沉速度就可以看出来。如果真是一块中子星物质，那么它在地层中的下沉将如同陨石坠入大气层一样快，那会引起火山爆发和大地震。它是介于普通固态和简并态之间的一种物质形态。”

“它会一直沉到地心吗？”沈渊问。

“也许会吧，孩子，因为在下沉到一定深度后，地层物质将变成液态，那将更有利于它的下沉！”

“真好玩儿，真好玩儿！”

在人们都把注意力集中到那个洞上的时候，沈华北一家三口悄悄地离开人群，远远地走到黑暗之中。除了脚下地面的震动外，这里很静，他们头灯的光柱照不了多远就融于黑暗中，仿佛他们只是无际虚空中三个抽象的存在。他们把对讲系统调到私人频道，接下来，小沈渊将做出一个影响一生的选择：跟爸爸还是跟妈妈。

沈渊的父母面临着一种比离婚更糟的处境——他的爸爸现在已是白血病晚期。沈华北不知道自己的病是否与所从事的核科学研究有关，但可以肯定自己活不过半年了。幸运的是，人体冬眠技术已经成熟，他将在冬眠中等待治愈白血病的技术出现。沈渊可以和父亲一起冬眠，然后再一同醒来，也可以同妈妈一起继续生活。从各方面考虑，显然后者是一个明智的选择，但孩子倾向于同爸爸一起到未来去，现在沈华北和赵文佳再次试图说服他。

“妈妈，我和你留下来，不同爸爸去睡觉了！”沈渊说。

“你改变主意了？！”赵文佳惊喜地问。

“是的，我觉得不一定非要去未来，现在就很好玩儿，比如刚才那个沉到地心去的东西，多好玩儿！”

“你决定了？”沈华北问。赵文佳瞪了他一眼，显然怕孩子又改变主意。

“当然！我要去看那个洞了……”小沈渊说着，向远处那头灯晃动的盆地中心跑去。

赵文佳看着孩子的背影，忧虑地说：“我不知道能不能带好他。这孩子太像你了，整日生活在自己的梦中，也许未来真的更适合他。”

沈华北扶着妻子的双肩说："谁也不知道未来是什么样。再说像我有什么不好，总要有爱做梦的那一类人。"

"生活在梦中没什么可怕，我就是因为这个爱上你的，但你难道没有发现这孩子的另一面？他在学校竟然同时当上了两个班的班长！"

"这我也是刚知道，真不明白他是怎么做到的。"

"他的权力欲像刀子一样锋利，而且他不乏实现欲望的能力和手段，这与你是完全不同的。"

"是啊，追求梦想和渴望权力，这两者怎么可能融为一体呢？"

"我更担心的是，不知道这种融合将来会发生什么。"

这时，孩子的身影已完全融入远方那一群头灯中，他们收回目光，关掉头灯，将自己完全沉入黑暗中。

沈华北说："不管怎样，生活还得继续。我所等待的技术，也许明年就能出现，也许要等上一个世纪，也许……永远也不会出现。你再活四十年没有问题，但一定要答应我一个请求——即使四十年后那项技术还没出现，也一定要让我苏醒一次。我想再看看你和孩子，千万不要让这一别成为永别。"

黑暗中赵文佳凄凉地笑笑："到未来去见一个老太婆妻子和一个比你大十岁的儿子？不过，像你说的，生活还得继续。"

他们就在这核爆炸形成的巨洞中默默地度过了在一起的最后时光。明天，沈华北将进入无梦的长眠，赵文佳将和他们那个生活在梦中的孩子一起，继续沿着莫测的人生之路，走向不可知的未来。

苏　醒

沈华北用了一整天时间才真正醒来，意识初萌时，世界在他的眼中只是一团白雾；十个小时后，这白雾中出现了一些模糊的影子——也是白色的；又过了十个小时，他才辨认出那些影子是医生和护士。冬眠中的人是完全没有时间感的，所以沈华北认为自己的冬眠时间仅是这模糊的一天，感觉就像冬眠维持系统在自己刚失去知觉后就出了故障。视力进一步恢复后，他打量了一下这间病房。很普通的白色墙壁，安在侧壁上的灯发出柔和的光芒，形状看上去也很熟悉，这些似乎证实了他的感觉。但接下来他知道自己错了——病房白色的天花板突然发出明亮的蓝光，并浮现出醒目的白字：

您好！为您提供冬眠服务的大地生命冷藏公司已于2089年破产，您的冬眠服务已全部移交给绿云公司，您现在的冬眠编号是WS368200402-118，并享有与大地公司所签订合同中的全部权利。您已经完成全部治疗程序，您的全部病症已在苏醒前被治愈，请接受绿云公司对您获得新生的祝贺。

您的冬眠时间为74年5个月7天13小时，预付费用没有超支。

现在是2125年4月16日，欢迎您来到我们的时代。

又过了三个小时，他才渐渐恢复听力，并能够开口说话。在七十四年的沉睡后，他的第一句话是：“我妻子和儿子呢？”

站在床边的那位瘦高的女医生递给他一张折叠的白纸：“沈先生，这是您妻子给您的信。”

我们那时已经很少有人用纸写信了——沈华北没把这话说出来，只是用奇怪的目光看了医生一眼。但当他用还有些麻木的双手展开那张纸后，得到了自己跨越时间的第二个证据：纸面一片空白，接着发出了蓝莹莹的光，字迹自上而下显现出来，很快铺满了纸面。他在进入冬眠前曾无数次想象过醒来后妻子对他说的第一句话，但这封信的内容超出了他最怪异的想象：

亲爱的，你正处于危险中！

当你看到这封信时，我已不在人世。给你这封信的是郭医生，她是一个你可以信赖的人——也许是这个世界上你唯一可以信赖的人。一切听她的安排。

请原谅我违背了诺言，没有在四十年后让你苏醒。我们的渊儿已成为一个你无法想象的人，干了你无法想象的事。作为他的母亲，我不知如何面对你。我伤透了心，已过去的一生对于我毫无意义。你保重吧！

“我儿子呢？沈渊呢？！”沈华北吃力地支起上身问。

“他五年前就死了。”医生的回答极其冷酷，丝毫不顾及这消息带给这位父亲的刺痛，不过她似乎多少觉察到这一点，安慰道，“你儿子也活了七十八岁。”

郭医生掏出一张卡片递给沈华北：“这是你的新身份卡，里面存储的信息都在刚才那封信上。”

沈华北翻来覆去地看那张纸，上面除了赵文佳那封简短的信外什么都没有。当他翻动纸张时，折皱的部分会发出水样的波纹，很像用手指按压他那个时代的液晶显示器时发生的现象。郭医生伸手拿过那张纸，在右下角按了一下，纸上显示被翻过一页，出现了一张表格。

“对不起，真正意义上的纸张已经不存在了。”

沈华北抬头不解地看着她。

“因为森林已经不存在了。”她耸耸肩说，然后逐项指着表格上的内容，“你现在的名字叫王若，出生于 2097 年，父母双亡，也没有任何亲属。你的出生地在呼和浩特，但现在的居住地在这里——宁夏一个很偏僻的山村，这儿是我能找到的最理想的地方，不会引人注意……不过你去那里之前需要整容……千万不要与人谈起你儿子，更不要表现出对他的兴趣。”

“可我出生在北京，是沈渊的父亲！”

郭医生直起身来，冷冷地说：“如果你到外面去这样宣布，那你的冬眠和刚刚完成的治疗就全无意义了，因为你活不过一个小时。”

“到底发生了什么？！”

医生苦笑道：“这个世界上大概只有你不知道……好了，抓紧时间，先下床练习行走吧，我们要尽快离开这里。”

沈华北还想问什么，突然响起了震耳的撞门声。门被撞开后，六七个人冲了进来，围在他的床边。这些人年龄各异，衣着也不相同，他们的共同点是都有一顶奇怪的帽子，或戴在头上，或拿在手中。这种帽子有齐肩宽的圆檐，很像过去农民戴的草帽。他们的另一个共同之处是都戴着一个透明的口罩，其中有些人进屋后已经把口罩从嘴上扯了下来。这些人齐齐盯着沈华北，脸色阴沉。

“这就是沈渊的父亲吗？”问话的人看上去是这些人中最老的一位，留着长长的白胡须，像是有八十多岁了。不等医生回答，他就朝周围的人点点头：“很像他儿子。医生，您已经尽到了对这个病人的责任，现在他属于我们了。”

“你们是怎么知道他在这儿的？”郭医生冷静地问。

不等老者回答，病房一角的一位护士说：“我，是我告诉他们的。”

“你出卖病人？！”郭医生转身愤怒地盯着她。

“我很高兴这样做。”护士说，她那秀丽的脸庞被狞笑扭曲了。

一个年轻人上前一把揪住沈华北的衣服，将他从床上拖了下来，冬眠带来的虚弱使他瘫在地上。一个姑娘一脚踹在他的小腹上，尖尖的鞋头几乎扎进他的肚子里，他痛得在地板上像虾似的弓起身体。那个老者用有力的手抓住他的衣领把他拎了起来，像竖一根竹竿似的想让他站定，看到不行后一松手，他便又仰面摔倒在地，后脑撞到地板上，眼前直冒金星。他听到有人说：“真好，那个家伙欠这个社会的，总算能够偿还一点儿了。”

“你们是谁？”沈华北无力地问。他在那些人的脚中间仰视着他们，好像在看着一群凶恶的巨人。

“你至少应该知道我。”老者冷笑着说。从下面向上看去，他的脸十分怪异，让沈华北胆寒。“我是邓伊文的儿子，邓洋。”

这个熟悉的名字使沈华北心里一动，他翻身抓住老者的裤脚，激动地喊道：“我和你父亲是同事和最好的朋友，你和我儿子还是同班同学，你不记得了？天啊！你就是洋洋？真不敢相信，你那时……”

“放开你的脏爪子！”邓洋吼道。

那个拖他下床的人蹲下来，把凶悍的脸凑近沈华北，说：“听着，小子，冬眠的年头儿是不算岁数的，他现在是你的长辈，你要表现出对长辈的尊敬。”

“要是沈渊活到现在，他就是你爸爸了！”邓洋大声说，引起了一阵哄笑。接着，邓洋挨个儿指着周围的人向他介绍：“在这个小伙子四岁时，他的父母同时死于中部断裂灾难；这姑娘的父母也同时在螺栓失落灾难中遇难，当时她还不到两岁；这几位，在得知用毕生的财富进行的投资化为乌有时，有的自杀未遂，有的患了精神分裂症……至于我，被那个可恶的家伙诱骗，把自己的青春和才华都浪费在那个该死的工程中，最后得到的只是世人的唾骂！”

躺在地板上的沈华北迷惑地摇着头，表示他听不懂。

“你面对的是一个法庭，一个由南极庭院工程的受害者组成的法庭！尽管这个国家的每个公民都是受害者，但我们要独享这种惩罚的快感。真正的法庭当然没有这么简单，事实上比你们那时还要复杂得多，所以我们才不会把你送到那里去，让他们和那些律师扯上一年皮之后宣布你无罪，就像他们对你儿子那样。一个小时后，我们会让你得到真正的审判。当这个审判开始时，你会发现，如果七十多年前就死于白血病，是一件多么幸运的事。”

周围的人又齐声狞笑起来。接着，两个人架起沈华北的双臂把他向门外拖去。他的双腿无力地拖在地板上，连挣扎的力气都没有。

“沈先生，我已经尽力了。”沈华北被拖出门前，郭医生在后面说。沈华北想回头再看看她，看看这个被妻子称为他在这个冷酷时代唯一可以信任的人，但这种被拖着的姿势使他无力回头，只听到她又说：“其实，你不必太沮丧。在这个时代，活着也不是一件容易的事。”当他被拖出门后，听到医生在喊：“快把门关上，把空气净化器开大。你要把我们呛死吗？！”听她的口气，她显然不再关心他的命运。

出门后，他才明白医生最后那句话的意思——空气里弥漫着一种刺鼻的气味，让人难以呼吸。他被拖着走过医院的走廊，出了大门后，那两个人不再拖他，而是把他的胳膊搭到肩上架着走。来到外面后，他如释重负地深深吸了一口气，但吸入的不是他想象的新鲜空气，而是比医院大楼内更污浊更呛人的气体。他的肺里火辣辣的，爆发出持续不断的剧烈咳嗽。就在他咳到要窒息时，听到旁边有人说：“给他戴上呼吸膜吧，要不在审判前他就会完蛋。”接着，有人给他的口鼻罩上了一个东西，虽然只是一种怪味代替了先前呛人的气味，但他至少可以顺畅地呼吸了。这时，他又听到有人说：“防护帽就不用给他了，反正在他能活的这段时间里，紫外线什么的不会导致第二次白血病的。”这话又引起了其他人一阵怪笑。当他喘息稍定，因窒息而流泪的双眼视野逐渐清晰后，便抬起头来，第一次打量未来世界。

他首先看到街道上的行人，他们都戴着被称为呼吸膜的透明口罩和叫作防护帽的大草帽。他还注意到，虽然天气很热，但人们穿得都很严实，没有人露出皮肤。接着，他看到了周围的环境，这里仿佛处于深深的峡谷中，到处是高耸入云的摩天大楼。说高耸入云一点儿都不夸张，这些高楼全都伸进半空中的灰云里。高楼之间的狭缝中，太阳呈一团模糊的光晕出现在灰云后。见到光晕上浮动着黑色的烟纹，他才知道遮盖天空的不是云，而是烟尘。

“一个伟大的时代，不是吗？”邓洋说。他的那些同伙又哈哈大笑起来，好像很久没有这么开心了。

他被架着向不远处的一辆汽车走去。尽管汽车的形状有些变化，但他肯定那是汽车，大小同过去的小客车一样，能坐下这几个人。接着，有两个人经过他们，向另一个方向走去。他们戴着头盔，身上的装束与过去的警察有很大的不同，但沈华北还是一眼就认出了他们的身份，并冲他们大喊起来：“救命！我被绑架了！救命！”

那两个警察猛地回头，跑过来打量着沈华北，看了看他的病号服，又看了看他光着的双脚，其中一个问：“您是刚苏醒的冬眠人吧？”

沈华北无力地点点头：“他们绑架我……”

另一位警察对他点点头说：“先生，这种事情是经常发生的。现在苏醒的冬眠人数量很多，为安置你们占用了大量的社会保障资源，因而你们经常受到仇视和攻击。”

“好像不是这么回事……”沈华北说，但那警察挥手打断了他。

“先生，您现在安全了。”然后那位警察转向邓洋一伙人，“这位先生显然还需要继续治疗，你们中的两个人送他回医院，这位警官将一同去了解情况。我同时通知你们，你们七个人已经因绑架罪被逮捕。”说着，他抬起手腕，对着上面的对讲机呼叫支援。

邓洋冲过去制止他：“等一下警官，我们不是那些迫害冬眠人的暴徒。你们看看这个人，不面熟吗？”

两位警察仔细地盯着沈华北看，还短暂地摘下自己的呼吸膜以更好地辨认：“他……好像是米西西！”

“不是米西西，他是沈渊的父亲！”

两位警察瞪大双眼，在邓洋和沈华北之间来回打量，像是见了鬼。中部断裂灾难留下的孤儿把他们拉到一边低声说着什么，其间两位警察不时抬头朝沈华北这边看看，每次的目光都有变化，在最后一次朝这边投来的目光中，沈华北绝望地读出这些人已是邓洋一伙的同谋了。

两位警察走过来，没有朝沈华北看一眼，其中一位警惕地环视四周作放哨状，另一位径直走到邓洋面前，压低声音说："我们就当没看见吧！千万不要让公众注意到他，否则会引起骚乱的。"

让沈华北恐惧的不仅仅是警察话中的内容，还有他说这话时的神态。他显然不在乎让沈华北听到这些，好像沈华北只是一件放在旁边的没有生命的物件。

那些人把沈华北塞进汽车，自己也都上了车。在车开的同时，车窗的玻璃都变得不透明了。车是自动驾驶的，没有司机，前面也看不到可以手动操纵的装置。一路上，车里没有人说话。仅仅是为了打破这令人窒息的沉默，沈华北随口问："谁是米西西？"

"一个电影明星。"坐在他旁边的螺栓失落灾难留下的孤女说，"因扮演你儿子而出名，沈渊和外星撒旦是目前影视媒体上出现得最多的两个大反派角色。"

沈华北不安地挪挪身体，与她拉开一条缝，这时他的手臂无意间触碰了车窗下的一个按钮，窗玻璃立刻变得透明了。他向外看去，发现这辆车正行驶在一座巨大而复杂的环状立交桥上，桥上挤满了汽车，它们的间距只有不到两米的样子。这景象令人恐惧之处是：就在这塞车时才有的间距下，所有的车辆都在高速行驶，时速可能超过了一百公里！这使得整个立交桥像一个由汽车构成的疯狂大转盘。他们所在的这辆车正在以令人目眩的速度冲向一个岔路口，在这辆车就要撞入另一条车流时，车流中正好有一个空当迎上它。这种空当以令人难以觉察的速度在岔路口不断出现，使两条湍急的车流无缝地衔接起来。沈华北早就注意到车是自动驾驶的，人工智能已把公路的利用率发挥到极限。

后面有人伸手又把玻璃调暗了。“你们真想在我对一切都不明不白的情况下杀死我吗？”沈华北问。

坐在前排的邓洋回头看了他一眼，懒洋洋地说：“那我就简单地给你讲讲吧！”

南极庭院

“想象力丰富的人在现实中往往手无缚鸡之力，相反，那些把握历史走向的现实中的强者，大多只有一个想象力贫乏的大脑。而你儿子，是历史上少有的把这两者合为一体的人。在大多数时间，现实只是他幻想海洋中一个小小的孤岛，但如果他愿意，可以随时把自己的世界翻转过来，使幻想成为小岛而现实成为海洋。在这两个海洋中，他都是最出色的水手……”

“我了解自己的儿子，你不必在这上面浪费时间。”沈华北打断邓洋说。

“但你无论如何也不会想到沈渊在现实中爬到了多高的位置，拥有了多大的权力，这使他有能力把自己最变态的狂想变成现实。可惜，社会没有及早发现这个危险。也许历史上曾有过他这样的人，但都像擦过地球的小行星一样，还没能在这个世界上释放自己的能量，就已消失在茫茫太空中。不幸的是，历史给了你儿子用变态狂想制造灾难的机会。”

“在你进入冬眠后的第五年，世界对南极大陆的争夺有了初步结果：这个大陆被确定为全球共同开发的区域，但各个大国都为自己争得了大面积的专属经济区。尽早使自己在南极大陆的经济区繁荣起来，并尽快开发那里的资源，是各大国摆脱因环境问题和资源枯竭而带来的经济衰退的唯一希望。‘未来在地球顶上’成为当时人尽皆知的口号。”

“就在这时，你儿子提出了那个疯狂设想，声称这个设想的实现将使南极大陆变为这个国家的庭院，到那时，从北京去南极将比从北京去天津还方便。这不是比喻，是真的，旅行的时间要比去天津的短，消耗的能源和造成的污染都比去天津的少。那次著名的电视演讲开始时，全国观众都笑成一团，像在看滑稽剧，但他们很快安静下来，因为他们发现这个设想真的能行！这就是南极庭院设想，后来根据它开始了灾难性的南极庭院工程。”

说到这里，邓洋莫名其妙地陷入沉默。

“接着说呀，南极庭院工程是什么？”沈华北催促道。

“你会知道的。”邓洋冷冷地说。

“那你至少可以告诉我，我与这一切有什么关系？”

“因为你是沈渊的父亲，这不是很简单吗？”

“现在又盛行血统论了？”

“当然没有，但你儿子的无数次表白使血统论适合你们。当他变得举世闻名时，就真诚地宣称他思想和人格的绝大部分是八岁前在父亲的培养下形成的，以后的岁月不过是进行一些知识细节方面的补充而已。他还声明，南极庭院设想的最初创造者也是他的父亲。”

“什么？！我？南极……庭院？！这简直是……”

“再听我说完最后一点：你还为南极庭院工程提供了技术基础。”

“你指的是什么？！”

“当然是新固态材料。没有它，南极庭院设想只是一个梦呓；而有了它，这个变态的狂想立刻变得现实了。”

沈华北困惑地摇摇头。他实在想象不出，那超高密度的新固态材料如何能把南极大陆变成这个国家的庭院。

地狱之门

这时，车停了。

下车后，沈华北迎面看到一座奇怪的小山——山体呈单一铁锈色，光秃秃的，看不到一株草。邓洋向小山一偏头说：“这是一座铁山。”看到沈华北惊奇的目光，他又加上一句，“就是一大块铁。”沈华北举目四望，发现这样的铁山在附近还有几座。它们以怪异的色彩突兀地立在这广阔的平原上，使这里呈现出异域的景色。

沈华北这时已恢复到可以行走。他步履蹒跚地随着这伙人走向远处一座高大的建筑物。那个建筑物呈完美的圆柱形，有上百米高，表面光滑一体，没有任何开口。他们走近后，看到一扇沉重的铁门轰隆隆地向一边滑开，露出入口，一行人走了进去，门在他们身后密实地关上了。

在暗弱的灯光下，沈华北看到他们身处一个像是密封舱的地方，光滑的白色墙壁上挂着一长排太空服一样的密封服。人们各自从墙上取下一套密封服穿了起来。在两个人的帮助下，沈华北也开始穿上密封服。在这过程中，他四下打量，看到对面还有一扇紧闭的密封门，门上亮着一盏红灯，红灯旁边有一块发光的数码显示屏，他看出显示的是大气压值。当他那沉重的头盔被旋紧后，在面罩的右上角出现了一块透明的液晶显示区，显示出飞快变化的数字和图形，他只看出那是这套密封服内部各个系统的自检情况。接着，他听到外面响起低沉的嗡嗡声，像是什么设备启动了，然后注意到对面那扇门上方显示的大气压值正迅速降低。在大约三分钟后降到零，旁边的红灯转换为绿灯，门开了，露出这个密封建筑物黑洞洞的内部。

沈华北证实了自己的猜测：这是一个由大气区域进入真空区域的过渡舱。如此说来，这个巨大圆柱体的内部是真空的。

一行人走进了那个入口，门又在后面关上了。他们身处浓重的黑暗之中，几个人密封服头盔上的灯亮了，黑暗中射出几道光柱，但照不了多远。一种熟悉的感觉涌上心头，沈华北不由打了个寒战，心里产生一种莫名的恐惧。

“向前走。”他的耳机中响起了邓洋的声音，头灯在前方照出了一座小桥，不到一米宽，另一头伸进黑暗中，所以看不清有多长，桥下漆黑一片。沈华北迈着颤抖的双腿走上了小桥，密封服沉重的靴子踏在薄铁板桥面上发出空洞的声响。他走出几米，回过头去想看看后面的人是否跟上来了。这时，所有人的头灯同时熄灭，黑暗吞没了一切。但黑暗只持续了几秒钟，小桥的下面突然出现了蓝色的亮光。沈华北回头一看，只有他上了桥，其他人都挤在桥边看着他。在从下向上照的蓝光中，他们就像一群幽灵。他扶着桥边的栏杆向下看去，几乎使血液凝固的恐惧攫住了他。

他站在一口深井上。

这口井的直径约十米，井壁上每隔一段距离就有一个光圈，在黑暗中标示出深井的存在。此时，他正站在横于井口上的小桥的正中央。从这里看去，井深不见底，井壁上无数的光圈渐渐缩小，直至缩为一点。他仿佛在俯视一个发着蓝光的大靶标。

“现在开始执行判决，去偿还你儿子欠下的一切吧！”邓洋大声说，然后用手转动安装在桥头的一个转轮，嘴里念念有词，“为了我被滥用的青春和才华……”小桥开始倾斜，沈华北抓住另一面的栏杆，努力使自己站稳。

接着，邓洋把转轮让给了中部断裂灾难留下的孤儿，后者也用力转了一下：“为了我被熔化的爸爸妈妈……”小桥倾斜的角度又增加了一些。

转轮又传到螺栓失落灾难留下的孤女手中，姑娘怒视着沈华北用力转动转轮："为了我被蒸发的爸爸妈妈……"

因失去所有财富而自杀未遂者从螺栓失落灾难留下的孤女手中抢过转轮："为了我的钱、我的劳斯莱斯和林肯车、我的海滨别墅和游泳池，为了我那被毁的生活，还有我那在寒冷的街头排队领救济的妻儿……"小桥已经倾斜了九十度，此时沈华北只能用手抓着上面的栏杆坐在下面的栏杆上。

因失去所有财富而患精神分裂症的人也扑过来，同因失去所有财富而自杀未遂者一起转动转轮，病显然还没好的他没说什么，只是对着下面的深井笑。小桥完全倾覆了，沈华北双手抓着栏杆，吊在深井上方。

这时的他并没有多少恐惧，望着脚下深不见底的地狱之门，自己不算长的一生闪电般掠过脑海——他的童年和少年时代是灰色的，没有多少快乐和幸福；走进社会后，他在学术上取得了成功，发明了"糖衣"技术，但这并没有使生活接纳他；他在人际关系的蛛网中挣扎，却被越缠越紧；他从未真正体验过爱情，婚姻只是不得已而为之；当他打定主意永远不要孩子时，孩子来到了人世……他是一个生活在自己思想和梦想中的人，一个令大多数人讨厌的另类，从来不可能真正地融入人群。他的生活是永远的离群索居，永远的逆水行舟。他曾寄希望于未来，但这就是未来了——已去世的妻子、已成为人类公敌的儿子、被污染的城市、充满仇恨变态的人……这一切使他对这个时代和自己的生活心灰意冷。本来他还打定主意，要在死前了解事情的真相，但现在这已无关紧要了。他是一个累极了的行者，唯一渴望的就是解脱。

在井边那群人的欢呼中，沈华北松开双手，向那发着蓝光的命运靶标坠下去。

他闭着眼睛沉浸在坠落的失重中，身体仿佛变得透明，一切生命不能承受之重已离他而去。在这生命的最后几秒钟，他的脑海中突然响起了一首歌。那是父亲教他的一首古老的苏联歌曲，在他冬眠前的时代已没有人会唱了。后来他作为访问学者到莫斯科去，希望在那里找到知音，但这首歌在俄罗斯也失传了，所以这成了他自己的歌。在到达井底之前，他只能在心里吟唱一小段，但他相信，当自己的灵魂最后离开躯体时，这首歌会在另一个世界继续……不知不觉中，这首旋律缓慢的歌已在他的心中唱出了一半。时间过去了很久，他猛然警醒，睁开双眼，发现自己正不停地飞快穿过一个又一个蓝色光环。

坠落仍在继续。

“哈哈哈哈……”他的耳机中响起了邓洋的狂笑，“快死的人，感觉很不错吧?！”

他向下看，只见一串扑面而来的发着蓝光的同心圆，在圆心处不断有新的小圆环出现并很快扩大；向上看也是一个同心圆，但其运动是前一个画面的反演。

“这井有多深？”他问。

“放心，你总会到底的。井底是一块坚硬平滑的钢板。吧唧一下，你摔成的那张肉饼会比纸还薄的！哈哈哈哈……”

这时，他注意到面罩右上角的那块液晶显示区又出现了，那里有一行发着红光的字：

您现在已到达 100 公里深度，速度 1.4 公里 / 秒。您已经穿过莫霍不连续面，由地壳进入地幔。

沈华北再次闭上双眼，这次他的脑海中不再有歌声，大脑像一台冷静的计算机般飞快地思索着。当半分钟后他再次睁开眼睛时，已经明白了一切——这就是南极庭院工程，那块坚硬平滑的井底钢板并不存在，这口井没有底。

这是一条贯穿地球的隧道。

大隧道

“它是走切线，还是穿过地心？”沈华北问，只是思维以语言的形式冒了一下头。

“聪明的头脑，这么快就想到了！”邓洋惊叹道。

“很像他儿子。”有人跟着说，听上去可能是中部断裂灾难留下的孤儿。

“是穿过地心，由中国的漠河穿过地球到达南极大陆最东端的南极半岛。”邓洋回答沈华北说。

“刚才那座城市是漠河?！”

“是的，它因作为地球隧道起点而繁荣起来。”

“据我所知，从那里贯穿地球应该到达阿根廷南部。”

“不错，但隧道有轻微的弯曲。”

“既然隧道是弯曲的，我会不会撞上井壁呢？”

“如果隧道笔直地通达阿根廷，你倒是肯定会撞上。那种笔直的地球隧道只有在贯穿两极之间的地轴上才能实现。这种与地轴成一定角度的隧道必须考虑地球自转的因素，它的弯曲正好能让你平滑地通过。”

“呵，伟大的工程！”沈华北由衷地赞叹道。

您现在已到达300公里深度，速度2.4公里/秒，已进入地幔黏性物质区。

他看到自己穿过光圈的速度正在加快，上下两个同心圆的密度增加了许多。

邓洋说：“关于建造穿过地球的隧道，不是什么新想法，18 世纪就有两个人提出过，一位是叫莫泊都的数学家，另一位则是举世闻名的伏尔泰。后来，法国天文学家佛兰马理翁又把这个计划重新提出来，并且首先考虑了地球自转的因素……”

沈华北打断他问：“那你怎么说这想法是从我这里来的呢？”

“因为前面那些人不过是在做思想实验，而你的设想影响了一个人，这人后来用自己魔鬼般的才能促成了这个狂想的实现。”

“可……我不记得向沈渊提起过这些。”

“真是个健忘的人。你作了一个改变人类历史的设想，自己却忘了。”

“我真的想不起来。”

“那你总能想起那个叫贝加多的阿根廷人，还有他送给你儿子的生日礼物吧？”

您现在已到达 1500 公里深度，速度 5.1 公里 / 秒，已进入地幔刚性物质区。

沈华北终于想起来了。那是沈渊六岁的生日，沈华北请在北京的阿根廷物理学家贝加多博士到家里做客。当时南美两强已经崛起，阿根廷对南极大陆的大片陆地提出领土要求，并向南极大量移民，同时快速发展核武器，让全世界大惊失色。

在后来的全球无核化进程中，阿根廷自然是以有核国家的身份加入联合国销毁核武器委员会，沈华北和贝加多都是这个委员会中一个技术小组的专家。

那次，贝加多给沈渊带去的礼物是一个地球仪——用一种最新的玻璃材料制成。那种玻璃体现了阿根廷飞速发展的技术水平，它的折射率与空气相同，因而看不出玻璃球的存在，地球仪上的大陆仿佛是悬浮在两极之间。沈渊很喜欢这个礼物。

在晚饭后的聊天中，贝加多拿出了一张中国国内的大报，让沈华北看上面的一幅政治漫画，画上一位阿根廷球星正在踢地球。

“我不喜欢这幅漫画。”贝加多说，“很多人对我的国家的了解好像只限于足球，并把这种了解引申到国际政治上。阿根廷在你们的眼中也成了一个充满攻击性的国家。”

“您要知道，阿根廷毕竟是在地球上与中国相距最远的国家，你们正在地球的对面。”赵文佳微笑着说，从沈渊的手中拿过那个全透明的地球仪。在上面，中国和阿根廷隔着那个超透明的球体重叠在一起。

“其实我有个办法能够使两国更好地交流，”沈华北拿过地球仪说，“只需从中国挖一条通过地心贯穿地球的隧道就行了。”

贝加多说：“那个隧道也有一万两千多公里长，并不比飞机航线短多少。”

“但旅行时间会短许多的，想想您带着旅行包从隧道的这一端跳进去……”

沈华北的本意是想把话题从政治上引开。他成功了，贝加多来了兴趣：“沈，你的思维方式总是与众不同……让我们看看，我跳进去后会一直加速，虽然我的加速度会随着坠落深度的增加而减小，但确实会一直加速到地心。通过地心时，我的速度达到最大值，加速度为零。然后开始减速上升，这种减速度的值会随着上升而不断增加，当到达地球的另一面阿根廷的地面时，我的速度正好为零。如果我想回中国，只需从那面再跳下去就行了。如果我愿意，可以在南北半球之间作永恒的简谐振动。嗯，妙极了，可是旅行时间……”

“让我们计算一下吧。”沈华北打开电脑。

计算结果很快出来了。以地球理想的平均密度，从中国跳进地球隧道，穿过直径一万两千多公里的地球，坠落到阿根廷，需四十二分钟十二秒。

“快捷的旅行！”贝加多高兴地说。

……

您现在已到达2800公里深度，速度6.5公里/秒。您正在穿过古腾堡不连续面，进入地核。

坠落中的沈华北又听到邓洋说：“在那个晚上，你一定没有注意到，你的儿子瞪圆了那双充满灵气的大眼睛，出神地听着你的话。你更不可能知道，他盯着床头的那个透明地球一夜没睡。当然，你对儿子的这种影响可能有过无数次。你在沈渊的心灵中播下了许多狂想的种子，这只是其中开出花朵的一颗。”

沈华北凝视着周围距自己四五米远的飞速上升的井壁，高频掠过的环绕光圈使井壁的表面有些模糊。

“这是新固态材料吗？”他问。

“还能是其他什么？有什么别的材料具有建造这样的隧道的强度呢？”

“这样巨量的新固态物质是如何生产出来的？这种比重大得能沉入地层的材料是怎样搬运和加工的呢？”

“只能最简略地说说。新固态物质是通过连续不断的小型核爆炸生产出来的，核心技术当然是你的‘糖衣’，其生产线庞大而复杂。新固态材料有多种密度级别，较低密度的材料不会沉入地层，用它造出一个面积较大的基础，将高密度材料置于其上，其压力被基础分散，就能够浮在地面上了。用类似的原理，也可以进行这种材料的运输。至于新固态材料的加工，技术更加复杂，以你的知识水平可能无法理解。总之，新固态材料的生产与应用已经是一个庞大的产业，其经济规模超过了钢铁，并不只是用于南极庭院工程。”

“那么，这条隧道是如何建成的呢？”

“首先告诉你一点：隧道的基本构件是井圈，每个井圈长约一百米，整条隧道是由大约二十四万个井圈连接而成。至于具体的施工过程，你是个聪明人，也许自己就能想出来。”

您现在已到达4100公里深度，速度7.5公里/秒，正处于液态地核中部。

“沉井？”

“是的，是用沉井工艺。首先从中国和南极将井圈沉入地层，并拼接成贯穿地球的连续体。第二步是将拼接后的井圈中的地层物质掏出，隧道就形成了。你在隧道入口的外面看到的那些铁山，就是由从隧道的地核部分中掏出的铁镍合金堆成的。具体的施工则由地下船来进行，这种能在地层中行驶的机器也是由新固态材料制造的，有的型号能在地核深度行驶，它们能在地层中使下沉的井圈定位。”

“这样算下来，只需十二万个井圈。”

“超固态物质承受地球深处的高压和高温是没有问题的，但地下还有许多流动体，较浅处是流动的岩浆，更危险的是地核中的液态铁镍流，它们会对隧道产生巨大的剪切冲击。新固态材料的强度能够承受这种冲击，但井圈之间的连接处就不行了。所以隧道由内外两层井圈构成，内层井圈紧贴外层井圈，两层井圈相互交错，这样就使隧道产生了足够的抗剪切强度。”

您现在已到达5400公里深度，速度7.7公里/秒，正在接近固态地核。

“下面，我想你要告诉我南极庭院工程带来的灾难了。”

灾 难

“南极庭院工程的第一次灾难发生于二十五年前，那时工程已进入最后的勘探设计阶段，需要进行大量的地下航行。在一次勘探航行中，一艘名叫‘落日六号’的地下船在地幔中失事，并下沉到地核中。船上三名乘员中有两人遇难，只有一名年轻的女领航员幸存。她现在仍被封闭在地心中，并将在狭窄的地下船中度过余生。那艘船上的中微子通信设备已失去发射功能，但可能仍能接收。顺便说一句——她的名字叫沈静，是你的孙女。”

沈华北的心抽搐了一下。

在这疯狂的速度下，井壁上的光圈在沈华北眼中已连为一体，使这巨井的井壁发出刺目的蓝光。正在其中飞速坠落的沈华北仿佛正穿过时光隧道，进入那并不遥远但从不曾经历的过去。

您现在已到达5800公里深度，速度7.8公里/秒。您已进入固态地核，正在接近地心！

“南极庭院工程进行到第六年，发生了惨烈的中部断裂灾难。前面说过，隧道是由内外两层相互交错的井圈构成，在装入内层井圈时，必须首先将已连接好的外层井圈中的地下物质掏空，以免两层井圈间混入杂质，影响它们之间贴合的紧密度。具体在施工中，采用掏空一段外井圈放入一段内井圈的工艺。这就意味着，在地核段的施工中，在一段外井圈被掏空而内井圈还未到位的这段时间里，包括接合部在内的两个外井圈将单独承受地核铁镍流的冲击。本来，两段井圈间的接合部采用十分坚固的铆接技术，理论上能够在相当长的时间里承受铁镍流的冲击。但在进入地核四百九十多公里处，两段刚刚掏空的井圈接合部遭遇了一股异常强大的铁镍流，其流速是以前大量勘探中观测到的最高值的五倍。强大的冲击力使两个井圈错位，高温高压的地核物质霎时涌入隧道，沿着已建成的隧道飞速上升。在得知断裂发生后，作为工程总指挥的沈渊立刻下令关闭了位于古腾堡不连续面处的安全闸门——古腾堡闸。这时，在闸门下近五百公里的隧道中，有两千五百多名工程人员在施工。在得知断裂发生后，他们同时乘坐隧道中的高速升降机撤离，共有一百三十多部升降机，最后一部升降机与沿隧道上升的铁镍流保持着三十公里左右的距离。最后只有六十一部升降机来得及通过古腾堡闸，其余都在闸门关闭后被四千多度高温的地核激流吞没，一千五百二十七人殒命地心。

“中部断裂灾难举世震惊，沈渊同时受到了两方面的强烈谴责。一方认为他完全可以等所有升降机都通过古腾堡闸后再关闭闸门，这时铁镍流距闸门还有三十公里，虽然时间很短，但还是来得及的。即使这道闸门没来得及关闭，在上面的莫霍不连续面（地表和地幔的交界面）处还有一道安全闸——莫霍闸。极端愤怒的遇难者家属控告沈渊故意杀人。对此，沈渊在媒体面前只有一句话‘我怕出娄子啊！’这娄子确实出不得。以南极庭院工程为题材的众多灾难片中，最著名的是《铁泉》，该片描绘了地核物质冲出地表的噩梦般的景象：一股铁镍液柱高高冲上同温层，散成一朵巨大的死亡之花，发出的刺目白光使北半球的黑夜变成白昼，空中下起了灼热的铁水暴雨，亚洲大陆成了一口炼钢炉，人类最终面临恐龙的命运……这描述并不夸张。正因为如此，沈渊又面临着另一项与上面完全相反的指控——他应该更早些关闭古腾堡门，根本没有必要等那六十一部升降机通过。更多的人支持这项指控，舆论给他安上了一项临时杜撰的罪名：因渎职而反人类罪。虽然两项指控最终都没有成立，但沈渊因此辞职，离开了南极庭院工程指挥层。他拒绝了另外的任命，以后一直作为普通工程师在隧道中工作。”

这时，井壁发出的蓝光突然变成红色。

您现在已到达6300公里深度，速度8公里/秒，正在穿过地心！

耳机里响起了邓洋的声音：“你现在已达到可以飞出地球的速度，却正处在这个星球的中心。地球正在围着你旋转，所有的海洋和大陆，所有的城市和所有的人，都在围着你旋转。”

沈华北沐浴在这庄严的红光中，脑海里又响起了音乐，这次是一首雄壮的交响曲。他以第一宇宙速度穿过发着红光的地心隧道，仿佛漂行在地球的血管中，这使他热血沸腾。

邓洋又说：“虽然新固态材料有良好的绝热性能，但现在你周围的温度仍超过了一千五百度，你的密封服中的冷却系统正在全功率运行。”

井壁的红光只持续了十多秒钟，又变回宁静的蓝光。

您已通过地心，现在正在上升，并开始减速。您已经上升了500公里，速度7.8公里/秒，仍在固态地核中。

蓝光使沈华北冷静下来，他已适应了失重，现在缓缓地转动身体，使头部向着前进的方向，以找到上升的感觉。他问邓洋：“好像还有第三次灾难？”

“螺栓失落灾难发生在五年前，那时南极庭院工程已经完工，地球隧道已投入正式营运，每时每刻都有地心列车穿行其中。地心列车的车厢是直径八米、长五十米的圆柱体，每列地心列车最多可由二百节车厢组成，可运载两万吨货物或近万名乘客，穿过地球的单程需四十二分钟，运输过程只是自由坠落，不消耗任何能源。

“当时，在漠河起点站，一名维修工人不小心将一枚直径不到十厘米的螺栓掉进隧道。这枚螺栓是用一种能够吸收电磁波的新材料制造的，因而没有被安全监测系统的雷达检测到。螺栓在隧道中一直坠落，穿过地球到达南极站，又从那里向回坠落，在到达地心时击中了一列正在向南极上升的地心列车。螺栓与列车的相对速度高达每秒十六公里，这样的动能使它变成了一颗炸弹。它穿透了头两节车厢，把沿路的一切都汽化了。这两节车厢的爆炸，使整列列车以每秒八公里的速度擦到井壁上，瞬间被撕得粉碎。大量的碎片在隧道中来回运行，有的一次次穿过整个地球，大部分则因撞击失去了部分速度，只是在地核附近摆动。有关人员用了一个月时间才把隧道中的碎片完全清理干净，列车上三千名乘客的遗体一具都没有找到，地核段的高温已把他们彻底火化了。”

您现在已从地心上升了2200公里，速度7.5公里/秒，已重新进入地核的液态部分。

“但最大的灾难还是这个超级工程本身。南极庭院工程在技术上是人类史无前例的壮举，而在经济上的愚蠢也是空前绝后的。直到现在，人们对这样一个在经济规划上近乎白痴的工程竟得以实施仍百思不得其解。沈渊那魔鬼般的才能固然起了作用，但其根本原因可能还在于人们开发新大陆的狂热和对技术的盲目崇拜。在经济学上，南极庭院工程的完工之日，也就是它的死亡之时。虽然通过地球隧道的运输极其快捷，且几乎不消耗能量，用当时人们的话说，‘扔下去就到了’或‘跳下去就到了’，但由于工程投资巨大，地心列车的运输费用极其昂贵，这抵消了它快捷的长处，使得地心列车在与传统运输方式的竞争中没什么明显优势。”

您现在已从地心上升了 3500 公里，速度 6.5 公里 / 秒，正在穿过古腾堡不连续面，重新进入地幔。

“人类的南极梦很快破灭了，蜂拥而来的企业和过度的开发很快毁掉了这个地球上仅存的洁净世界，使它与其他大陆一样成了一个弥漫着烟尘的垃圾场。南极上空的臭氧层被完全破坏，其影响波及全球。即使在北半球，强烈的紫外线也使人们必须做好防护才能出门。南极冰盖的加速融化也使全球的海平面急剧升高。在经历了一个痛苦的过程后，人类的理智再次占了上风，联合国所有成员国签署了新的《南极公约》，使人类全面撤出南极大陆，再次把南极变成人迹罕至的地方，期望那里的环境能够慢慢恢复。随着向南极运输需求的骤减，在螺栓失落灾难后，地心列车完全停止了营运，地球隧道被封闭，到现在已有五年了。但南极庭院工程带来的经济灾难一直在持续，无数购买了南极庭院公司股票的人血本无归，引发了严重的社会动乱，投资黑洞使国家经济濒临崩溃边缘。现在，我们还在这场灾难的余波中痛苦地挣扎……好了，这就是南极庭院工程的故事。”

随着速度的降低，井壁上原本稳定平滑的蓝光开始闪烁。渐渐地，周围的井壁能够分辨出单个的光圈。向上下两个方向看，密密的同心圆靶标又开始呈现出来。

您现在已从地心上升了 4800 公里，速度 5.1 公里 / 秒，正在穿过地幔的刚性物质区。

沈渊之死

“我儿子后来怎么样了？”沈华北问。

“隧道封闭后，沈渊作为留守人员待在漠河起点站。有一天，我给他打了个电话，他只说了一句话，‘我同女儿在一起’。后来我知道，他在这几年中一直过着一种不可思议的生活——每天都穿着密封服在地球隧道中来回坠落，睡觉都在里面，只有在吃饭和为密封服补充能量时才回到起点站。他每天要穿过地球三十次左右，就这样日复一日、年复一年，在漠河和南极半岛间，做着周期八十四分钟、振幅一万两千六百公里的简谐振动。”

您现在已从地心上升了6000公里，速度2.4公里/秒，正在穿过地幔的黏性物质区。

“谁也不知道沈渊在这永恒的坠落中都干了些什么。但据他的同事说，每次穿过地心时，他都会通过中微子通信设备与女儿打招呼。他常常在坠落中与女儿长谈——当然只是他一个人在说话，但生活在随着铁镍流在地核中运行的‘落日六号’中的沈静应该是能够听到的。

“他的身体长时间处于失重状态，但由于必须在起点站吃饭和给密封服充电，每天还要在地面经受两到三次的正常地球重力，这样的折腾使他年老的心脏变得更加脆弱。他在一次坠落中死于心脏病，当时没人注意到，于是他的遗体又在地球隧道中运行了两天，直至密封服的能量耗尽，停止制冷。于是地球隧道成了他的火葬炉，遗体在最后一次通过地心时被烧成了灰。我相信，你儿子对这个归宿是很满意的。”

您现在已从地心上升了 6200 公里，速度 1.4 公里 / 秒，已经穿过莫霍不连续面，进入地壳。注意，您正在接近地球隧道的南极顶点！

“这也是我的归宿，对吗？”沈华北平静地问。

“你也应该感到满足。临死前，你已经看到了自己想看的东西。本来我们是想让你在不穿密封服的情况下被扔进地球隧道的，但现在让你穿上了，完整地看到了你儿子创造的东西。”

“是的，我很满足，此生足矣。我真诚地谢谢各位了！”

没有回答，耳机中的嗡嗡声骤然消失，地球另一端的那几个复仇者中断了通信。

沈华北看到上方的同心圆已经很稀疏了，他两三秒才能穿过一个光圈，而且这间隔还在急剧拉长。这时耳机中响起了一声蜂鸣，面罩上显示：

您已经到达地球隧道的南极顶点！

他看到同心圆的圆心变空了，不再有新的光圈浮现，中间那个光圈越来越大。终于，他穿过了最后一个蓝色光圈，以缓慢的速度升向一座与隧道另一端一模一样的横在井口上的小桥。小桥上站着几个穿密封服的人，在他升出井口时，这些人一起伸手抓住了他，把他拉上桥。

南极站的内部也处于黑暗之中，只有井壁上光圈的蓝光照上来。他抬起头，看到上方悬着一个巨大的圆柱体，其直径比井口稍小。他走到小桥尽头的井边，再向上看，隐约看到上方有一排这样的圆柱体。他数出了四个，再后面的就隐没到高处的黑暗中了。他知道，这就是停运的地心列车。

南 极

半小时后，沈华北同那几名救他命的警察一起，走出地球隧道的南极站。站在已没有积雪的南极平原上，可以看到远处被废弃的城市。低垂在地平线上的太阳把软弱无力的光芒投在这广阔而没有生气的大陆上。这里的空气比地球另一端要好些，不用戴呼吸膜。

一名警官告诉沈华北，他们是在南极空城中留守的少数警务人员，接到郭医生的报警后，立刻赶到了南极站。当时井口是被封闭的，他们紧急联系地球隧道管理部门打开井盖，正好看见沈华北在蓝光中升向井口，仿佛从深海中浮出来一般。如果晚几秒钟，沈华北必死无疑。密封的井盖将挡住他，使他开始向北半球的另一次坠落。而在他再次通过地心之前，密封服的能量就会耗尽，他将像他的儿子一样在地心熔炉中化为灰烬。

“以邓洋为首的那几个家伙已经被逮捕，他们将以杀人罪被起诉。不过……”警官冷冷地盯着沈华北说，“我理解他们的感情。”

沈华北仍然沉浸在失重带来的眩晕中，他看着天边的太阳，长出一口气，又说了一句：“我此生足矣——”

“要是这样，您对自己今后的命运就比较容易接受了。”另一名警官说。

“命运？”沈华北清醒过来，扭头看着那名警官。

“您不能在这个时代生活，否则这样的事还会发生。好在政府有一个时间移民计划——为了减轻人口对环境的压力，强制一部分人进入冬眠，让他们到未来去生活。现在政府已经决定，您将作为时间移民的一员，重新进入冬眠。这一次要多长时间才能苏醒，我可说不准。”

沈华北好一会儿才理解了这话的意思，对警官深深地鞠躬：“谢谢、谢谢，我怎么总是这样幸运？”

“幸运？”警官不解地看着他说，“即使是这个时代的冬眠移民，也不可能适应未来社会的生活，更别说您这样来自过去的人了！”

沈华北的脸上浮现出微笑：“无所谓。关键是，我将看到地球隧道再次成为人类的骄傲！”

警官们发出了几声冷笑：“怎么可能呢？这个完全失败的超级工程，只能永远成为你们父子俩的耻辱柱。”

“哈哈哈哈……”沈华北大笑起来。失重的虚弱使他站立不稳，但他的精神已亢奋到极点，“长城和金字塔都是完全失败的超级工程，前者没能挡住北方骑马民族的入侵，后者也没能使其中的法老木乃伊复活，但时间使这些都无关紧要，因为凝结于其上的人类精神将永远光彩照人！”他指指身后高高耸立的地球隧道南极站，“与这条伟大的地心长城相比，你们这些哭哭啼啼的孟姜女是多么可怜！哈哈哈哈……”

沈华北张开双臂，让南极的寒风吹透自己的身体。“渊儿，我们此生足矣——”他幸福地说。

尾　声

沈华北再次苏醒是半个世纪以后。他醒来后，几乎经历了与五十年前的那次苏醒时一样的事——被一群陌生人带上车，进入地球隧道的漠河站，穿上密封服（令他不可理解的是，这密封服竟然比五十年前的那身笨重了许多），再次被扔进地球隧道，开始漫长的坠落。五十年之后，地球隧道看上去没有什么变化，仍是一条由无数蓝色光圈标示出的不见底的深井。

不过这次，有一个人陪着他下坠。这是一个美丽姑娘，她自我介绍说是他的导游。

“导游？对了，我的预感对了，地球隧道真的成为长城和金字塔了！”坠落中的沈华北兴奋地说。

“不，地球隧道没有成为长城和金字塔，它成了——”导游姑娘在失重中拉着沈华北的手，小心地与他在坠落中保持着同步。

“成了什么？”

“地球大炮！”

“什么？！”沈华北吃惊地打量着周围飞速掠过的井壁。

导游开始回忆：“在您冬眠后，全球的环境进一步恶化，污染和臭氧层破坏使各大陆最后的植被迅速消失，可呼吸的空气成为商品……这时，要想拯救地球生态，只有关闭人类所有的重工业和能源工业。”

“那样也许能让地球生态恢复，却会使人类文明毁灭。”沈华北插嘴说。

“面对当时的惨状，有许多人支持这种选择。不过更多的人在寻找另外的出路。最可行的办法，是把地球上的所有工业转移到太空中和月球上。”

“那么，你们建造了太空电梯？”

“没有。人们试了才知道，那比挖地球隧道还难。”

“那么，发明了反重力飞船？”

“更没有。科学家从理论上证明了它根本不可能。”

“核动力火箭？”

“这倒是有，但其运输成本与传统火箭不相上下。如果用这些手段向太空转移工业，就又会发生地球隧道式的经济灾难了。”

“那么你们什么也转移不了了。这么说……”沈华北咧嘴苦笑，“已经是后人类时代了？”

导游没有回答。两人在沉默中向那无底深渊继续坠下去，周围飞掠而过的光环越来越密，最后井壁成为发出蓝光的平滑连续体。又过了十分钟，蓝光变成红光，他们默默地以每秒八公里的速度通过地心。然后井壁很快又发出蓝光，导游姑娘灵巧地使身体旋转一百八十度，变为头向上的上升姿态，沈华北也笨拙地跟着这样做了。

“噢——”沈华北突然发出一声惊叫，从面罩右上角的显示屏中，他看到现在他们的速度是八点五公里每秒。

通过地心后，他们仍在加速！

让沈华北惊恐的另一件事是，他感到了重力，在这穿过地球的坠落过程中，本应自始至终都是失重的，可他真的感到了重力！科学家的直觉很快告诉他，这不是重力，是推力，正是这推力使他们克服了不断增长的地球引力，保持加速。

“一定还记得凡尔纳的登月大炮吧？”导游突然问。

“小时候看过的最愚蠢的一本书。”沈华北心不在焉地回答着，一边四下张望，想搞清这突然出现的怪事。

“一点儿都不愚蠢。用大炮进行发射，是人类大规模进入太空最理想、最快捷的方式。”

“除非你想在炮弹中被压成肉酱。”

“被压成肉酱是因为加速度太大，加速度太大是因为炮管太短。如果有足够长的炮管，炮弹就能以温柔的加速度射出去，就像您现在感觉到的一样。”

“这么说，我们是在凡尔纳大炮里？”

“我说过，它叫地球大炮。”

沈华北仰望着发出蓝光的隧道，努力把它想象成一根炮管。由于速度太快，井壁看上去浑然一体，已没有任何运动感了，它们仿佛一动不动地悬浮在这发着蓝光的巨管中。

“在您冬眠后的第四年，我们又研制出一种新型固态材料，除了具有以前这类材料的性质外，它还是优良的导体。现在，在这一半的地球隧道外表面，就缠绕着一圈用这种材料制成的粗导线，使这一半地球隧道变为一根长达六千三百公里的电磁线圈。”

“线圈中的电流从哪里来？”

“地核中有强大丰富的电流，正是这些电流产生了地球的磁场。我们用地核船拖着新固态导线，在地核中拉了上百条大回路，每条回路都有几千公里长。用这些回路来采集地核中的电流，并将它汇聚到隧道线圈上，使隧道中充满了强磁场。我们的密封服的肩部和腰部有两个超导线圈，线圈中的电流产生方向相反的磁场，推力就是这样产生的。”

由于继续加速，上升段很快要走完了，井壁再次发出红光。

“注意，现在我们的速度已达到每秒十五公里，超过了第二宇宙速度，我们就要飞出炮口了！”

这时，在地球隧道的南极出口，停放地心列车的高大建筑早已拆除。地球隧道的圆形出口直接面对着天空，上面有一个密封盖板。扩音器中传出一个声音：“游客们请注意，地球大炮将进行今天的第四十三次发射，请您戴上护目镜和耳塞，否则将对您的视力和听力造成永久性损害。”

十秒钟后，隧道口的密封盖板哗地滑向一边，露出了直径十米的圆形井口，空气涌入真空井内，发出尖厉的呼啸。一声巨响，井口喷出一道长长的火舌，其亮度使南极天边低垂的太阳黯然失色。随即，密封盖板又迅速滑回原位盖住井口，井内的抽气机发出低沉的轰鸣，抽空刚才盖板打开的三秒钟进入井内的空气，以准备下一次发射。人们抬头仰望，只见两颗拖着火尾的流星正急速上升，很快消失在南极深蓝色的苍穹中。

沈华北并没有像想象中那样看到隧道出口迎面扑来——速度太快，他不可能看清。他只看到，那条发着红光、似乎通向无限高处的隧道在瞬间消失，代之以南极的蓝天，两者之间没有任何过渡，快得像屏幕上两幅图像的切换。

他猛地回头，看到脚下的大地正在急速退去。他认出了那座南极城市，它很快变成了一块篮球场大小的长方形。抬起头，他看到天空的颜色正在迅速地由蓝变黑，速度之快像一块正在被调暗的屏幕。再低头，他看到了南极半岛狭长弯曲的形状，看到了围绕着半岛的大海。他的身后拖着一条长长的火尾，看看身上才发现密封服的表面在燃烧，他被裹在一层薄薄的火焰中。距他十几米处与他一起上升的导游也同样被裹在火焰中，像一个拖着长长火尾的小怪物。巨大的空气阻力像一只巨掌狠狠地压在他的头上和肩上，但随着天空的变黑，这只巨掌像被另一种更加强大的力量征服了，它的压力渐渐变小。低头看，南极大陆已显示出完整的形状。沈华北惊喜地发现，这块大陆又恢复了原本的白色。向远处看，地球已显示出弧形，太阳正从地球边缘移上来，在薄薄的大气层中散射出绚丽的霞光。再向上看，群星已在太空中出现，沈华北第一次见到如此晶莹灿烂的星星。身上的火光熄灭了，他们已冲出大气层，飘浮在寂静的太空中。

沈华北感觉身轻如燕。他发现自己身上的密封服——太空服——变薄了许多，表面的那层隔热物质已在与大气的剧烈摩擦中蒸发了。这时，高速通过大气层时的通信盲区已过，他的耳机中响起了导游的声音："穿过大气层时的阻力抵消了一部分速度，但我们现在的速度仍超过了逃逸值。我们正在飞离地球。你看那儿——"

导游指着下面已经变得很小的南极半岛。沈华北在地球隧道出口的位置看到了闪光，一颗拖着火尾的流星从半岛缓慢地飞升，在飞出大气层后火光熄灭了。

"那是地球大炮刚刚发射的一艘太空船，它将接我们回去。地球大炮的炮管中每时每刻都同时运行着五六颗‘炮弹’，这样它每过八到十分钟就射出一艘太空船，所以现在进入太空就如乘地铁一样便捷。二十年前工业大迁移开始时，发射最频繁，炮管中往往同时有二十多颗‘炮弹’在加速。地球大炮以两三分钟一发的频率向太空急促地射击，一批批太空船组成了上升的流星雨，那是人类向命运的庄严挑战，无比壮观！”

这时，沈华北在群星中发现了许多快速移动的星星，在静止的星空背景上很容易看出来，它们一定就在地球轨道上。再细看，它们中相当一部分可以辨出形状，有环形，有圆柱形，还有多个形状组合而成的不规则体，像漆黑太空中精美的小饰件。

“那是宝山钢铁公司。”导游指着一个发光的圆环说，然后又依次指点着其他几个亮点，“那几个是中国石化，当然它们现在不处理石油了。那几个圆柱形是欧洲冶金联合体。那些是用微波向地球供电的太阳能电站，发光的只是它们的控制中心，太阳能电池组和传输电能的天线阵列是看不到的……”

沈华北被这景象陶醉了，再看看下面蔚蓝色的地球，他的眼泪涌了出来。他现在最大的愿望，就是让参加过南极庭院工程的每一个人——故去的和健在的——都看看这一幕。他特别想到了其中一个人，一个在所有人心目中永远年轻的女性。

“找到我的孙女了吗？”他问。

“没有，我们缺少在地核中进行远距离探测的技术。那是一个广阔的区域，谁也不知道铁镍流把她带到哪里去了。”

“能不能把我们看到的这一切用中微子发向地心？”

“一直在这么做呢，相信她已看到了。”

◆第21届银河奖读者提名奖获奖作品

绿岸山庄

韩松

我开车带弟弟前往绿岸山庄。父母已不在人世，妻子与我离婚后，和儿子一家人住在国外，我现在只有弟弟一个亲人。

“这好像是一个陌生的世界，一切都难以置信。这还是我曾经待过的那个国家吗？”一路上，弟弟看着车窗外飞掠而过的景物，缩着肩，既惊且疑地问。的确，一眨眼四十年过去了。从反光镜中我看到，经历了亚光速飞行于日前刚返回地球的弟弟，还像当年离开时那么年轻，而我已满头银发，成了地地道道的老人。我们彼此看着，都有些陌生和尴尬——说句不好听的话，就像鬼魂间的对视，一时间车里仿佛阴冷了下来。

“但至少我们要去的地方……嗯，没有大的变化。”我从困惑与不解的深潭中竭力挣扎出来，为从弟弟口中蹦出的“那个国家”几个字而感到讶异。

弟弟长这么大，一次都没来过绿岸山庄。从太空回来后，他非常疲惫，说想与亲人待在一起，休息调整一下。于是我特意安排了绿岸山庄之行——这也是考虑到他对父亲的缅怀。父亲是在弟弟离开地球二十三年后去世的，享年八十八岁。他未能如愿等到自己的小儿子回来。弟弟也无法在最后一刻尽孝。爱因斯坦发现相对论后，自然及人世间呈现的这种残酷的物理意义上的阴阳两隔，有一种难以言说的异样和微妙，谁都无法逃避开来。

绿岸山庄其实是某大型机关建于郊外的一处绿化基地，说起来，也不是没有变化——近年重新装修过，软件和硬件条件都更好了。然而，当年接待父亲的服务员已经不在了。我们选择了父亲住过的那间双人客房。我想起小时候，我与弟弟就这样蜷曲着身体，同睡在一个屋檐下。那时候我们住的房子还很差。有一年夏天停电了，半夜里我热醒过来，一睁眼便看见父亲左右手各执一把蒲扇，在我和弟弟的头上呼哧呼哧地来回扇动。他慈爱的眼神中流露出极度的疲惫。额头上滚落下黄豆大的汗珠，他也顾不上擦拭一把。多少年后，我还为这一幕唏嘘不已。但离开地球太久（其实一点儿也不久）的弟弟是否也有同样的感受呢？

父亲第一次到绿岸山庄还是在半个多世纪以前，他是来参加一个不明飞行物的研讨会。父亲那时已是不明飞行物研究团体的一名骨干了。后来，特别是晚年，他又在母亲和我的陪同下，多次来到山庄小住。

弟弟离开地球那年，父亲六十五岁，我三十六岁，弟弟二十九岁。那是我国首次进行亚光速太空飞行，如当年第一次载人飞行、第一次太空行走、第一次登月之旅等等一样，具有里程碑式的意义。

绿岸山庄位于一个颇大的人工湖畔，这实际上是建于 20 世纪 50 年代的一座水库。波光潋滟，群山环抱。正是阳春三月，岸边绿柳成荫，风光如画。山庄的名字，堪称取得恰如其分。这一切与太空中恶劣的环境，应该是大不相同吧？

我们下午出发，到达时已是傍晚，紧接着是进餐、洗澡、按摩、休息。对于周遭的一切事物，弟弟仍是一种好像没有自信的模样，不仅仅是时代的差异，也许与他在旅行中的某些遭遇有关吧？我这样猜想，心中泛出一种如若怜悯的情愫。宽衣上床后，闲聊了一小会儿，疲乏的弟弟很快就睡着了。听着他微微的鼾声，我则习惯性地失眠了，脑海中不断闪过四十年前，父亲、母亲与我，在飞船发射现场与弟弟挥泪告别的情形。

我起身下床，走到窗边。夜色如一条废弃的深巷延伸到天外，像暮年的我一样，被一层不祥的气象笼罩。无数的星星眨着眼睛，竞相裸露着，湿淋淋地一簇簇投入湖中。当年，或许父亲也曾在开完一天的会后坐在这湖畔，点燃一支香烟，出神地巴望着这晦暝难测的夜空以及暗流汹涌的湖水吧？

那一年，我六岁，妈妈刚刚怀上弟弟。

我回过头来，看着熟睡的弟弟，突然想到：在短短的一生中，我已与某个女人认识、结婚、生育、离婚，而年轻的弟弟还没有触碰过属于自己的异性。

“在这个地方，父亲当年究竟思考了些什么呢？”

第二天吃早餐的时候，弟弟这样问我。“思考”二字从他口中吐出，显得有些局促。我蓦然愣住了，竟不知从何答起，一眼看到墙上“绿岸山庄”的草书牌匾，才恍然大悟般地应道：“也许，包括了绿岸公式吧……”

1960年，在一次于美国西弗吉尼亚州射电天文台——当地地名为绿岸镇——举行的聚会上，天文学家弗兰克·德雷克提出了绿岸公式，又称“德雷克公式”。它被用来计算银河系内可能与我们接触的高智文明的数目。

公式为：$N = R^{*} \times Fp \times Ne \times F1 \times Fi \times Fc \times L$

意思是：银河系内可能与我们接触的高智文明数＝银河系内恒星形成的速率×恒星拥有行星的概率×位于合适生态范围内行星的平均数×行星发展出生命的概率×演化出高智生命的概率×高智生命能够进行通信的概率×高智文明的预期寿命。

德雷克根据这一公式，预言银河系中有四千个有交流能力的文明社会存在；而另一位著名的天文学家卡尔·萨根则计算出，每一百万个恒星系里就有一个高度发达的外星文明；科幻大师艾萨克·阿西莫夫也测算出了五十三万个文明星球的结果。

身为宇航员的弟弟，不会对绿岸公式毫无所知吧？考虑到年轻的人类已能够完成亚光速宇宙航行的事实，那么，还有什么理由怀疑其他星球上的智慧生物不会造访地球呢？他们甚至有可能掌握了更为先进的航行技术。

在另一位著名天文学家恩里科·费米看来，以宇宙如此古老的年龄，假如它孕育了不止人类一种智慧生命的话，那么，人类成为宇宙中最早出现的智慧生命的概率是非常小的；也就是说，在人类文明之前，理应存在许多个智慧文明才合理。一个重要的推论就是，假如在人类文明之前就已有外星智慧文明存在，那么，其中一些文明就应该有足够的时间开展星际旅行或通过不同途径进行信息联络。

当然，这在后来也引发了关于“费米悖论”的讨论，即如果费米所言成立，那为什么人类至今都没有见到外星智慧文明来拜访我们呢？

父亲和他的朋友们则坚信外星智慧文明的存在，并认为他们业已造访过地球，甚至留下了痕迹。剩下的问题只是如何去说服愚昧的公众和保守的科学家了。

距绿岸山庄六七公里，在水库北岸，有一座天文台，那是父亲多次踏访过的地方。上午我们决定去那里看看。

天文台建在一座海拔两三百米的小山包上，远看如帝王陵墓上的明楼。我们把车停在山下，缓步拾级而上。能够和久别重逢的弟弟并肩而行，我十分高兴。我们小时候也一起爬过山，那时候，兄弟之间总有一种朦胧的竞争关系，老想比试看谁爬得更快。结果弟弟总是跑在我的前面，令我沮丧而忌妒。而父亲和母亲，那时还正当盛年，就在后方气喘吁吁地紧紧跟着，欣喜而担心地看着我们。我隐约听见母亲问父亲，如果现在有老虎从树林中钻出来怎么办？父亲毫不犹豫地答道：“那我就把你和孩子往山下一扔，自己冲上去跟它搏斗！”

父亲只有中学文化，他后来自学了一些大学课程。那时候，不明飞行物研究受到社会的质疑，被很有名望的科学家批判成伪科学。主流科学界并不认为外星飞船已经访问过地球。作为小人物的父亲则总是毫不畏惧地站出来，与权威们论战。由于他引用的数据和理论往往不能从严格的学术意义上很好地证明自己的观点，因而遭到了讥讽嘲笑，甚至无情打击，连年少的我也为他感到苦恼。然而，当时我对父亲的爱好还没有产生太大兴趣。我对外星人的存在尚是半信半疑，所以，并不能很好地理解父亲的心情。

但人类已历经了数百万年的进化，世界上已经遍布着现代文明，山中也已不再会有老虎出现了。记得那天为了追上弟弟，我摔倒了。父母踉跄着，着急忙慌地跑过来把我抱起。父亲抓住我流血的手指头，噙在嘴里轻轻吮着。那热乎乎的舌头就像一只去了壳的蜗牛，弄得我又麻又痒。我近距离地看见一根早生的白毛从父亲汗津津的鼻孔里像根小草般伸出，心里一阵过意不去。然后，父亲把我背起来，牛似的继续往山上爬去。他的呼气声至今仍在我耳边回荡。当时，弟弟在一旁脸都吓青了，那无助的样子除了惹人恼怒，还不由得生出一丝同情。妈妈赶紧牵住了他的手。而又过了许多年，弟弟离开了家，参加了封闭的太空人训练，断绝了与外界的接触，再难与我们见面；父亲则一天天老了。他出门的时候，一开始需要我搀扶，后来就坐进了轮椅。

现在，在通往天文台的山路上，是弟弟搀扶着我。我不禁想要落泪。

沿途草木葱茏，令人神清气爽。各种生命不分大小，在山野中振声欢唱，向大自然显示着自己的存在。一座山就是一个宇宙啊！我说不出缘由地感觉明亮的声息中却又显现出了悄然的一抹阴森感……那么，父亲在弟弟这个年龄的时候，他的生命又是怎样表达的呢？我只知道他是在春天与母亲相识的。如今，两位老人履行完了进化赋予他们的规定程序，已经远远地离开了这个世界；但这与弟弟离开地球，究竟有何差别呢？

天文台那银白色的不像是实物的半球形圆顶出现在了我们眼前，门前杂草丛生，周围盛开着桃花、梨花、李花和油菜花。台里只有一位浑身带着阴柔气息的年轻见习研究员留守，他因我们的突然造访激动得手足无措——电视台这几天都在报道有关弟弟的新闻。研究员抱歉地说，很不巧包括台长在内的其他人都出远门了，但他没有说他们去了哪里。

“这个地方与我走的时候相比，倒也没有太大变化嘛。”弟弟像是要使自己踏实下来，认真地四处打量。

“还是有变化的……在这个时代，天文学停滞不前了。”在有史以来飞行得最快的人面前，见习研究员好像有些惭愧地说，脖子都涨红了，“只有您能带给我们宇宙中最新的消息。”

弟弟嗯了一声，没有正面回答。

随后，我们参观了馆中的陈列厅，这里展示了天文台的历史、天文仪器、陨石收藏、观测成果、天象照片等等。我突然感到一种深刻的无趣。

在这里，弟弟意外地看到了父亲的照片——他竟然是天文台的荣誉研究员。他的成就被书写在照片下方的一纸说明上。弟弟难以置信地瞪大了眼睛，大概以为是走入了魔境。

……

随后，他又看到了另外几张颇为诡异的照片。

“这是什么？”照片上模糊不清、晦暗恐怖的景象使弟弟惊诧极了，他脸上显露出极度震撼甚至微微恶心的表情。我为弟弟对四十年后世界的无知而难过。

“不明飞行物爱好者的自我毁灭……”在见习研究员犹豫之际，我抢先说，“他们在这座天文台前自我毁灭了。这是历史的一部分。人们不想隐瞒。”

弟弟疑惑而诡谲地把他那颗在太空中经受了洗礼的大脑袋转向见习研究员。

“是的。”天文台的年轻人嗫嚅着，好像这是自己的罪过。四面八方的空气中，仿佛弥漫起一股淡淡的尸臭。我似乎看到父亲那半张垂老的脸在某个空间中若有若无地显现出来。

“爸爸他……”

“爸爸当时进行了劝阻；但遗憾的是，他们一意孤行。”我生硬地说。

“为什么这样呢，为什么这样呢……”弟弟小声嘀咕。我已难以揣度他内心的真实感受。

大家都沉默了。我们走出阴晦的天文台，来到了明媚的室外。群山秀美地挺胸而立，一块绿茵茵的平缓坡地如透镜般在眼前徐徐展开。和煦的阳光下，四十多面碟形天线像睡莲一样悄然绽放。这些直径均为六米的射电望远镜汇聚在一起，形成壮观璀璨的阵列，不分昼夜地聆听着从宇宙深处传来的动静。

“在您离开地球后的第四年，它们就开始工作了。第一次启动就扫描了以我们星系中心方向二十平方度的太空，用三个月的时间寻找来自这一区域的信号；第二年，开始对附近大约一百万个恒星系统进行检测……我们总共监视了五千万个射电频道。简单的耳机是无法帮助分析所有数据的。我们使用了一种尖端专用系统，它可以小心翼翼地筛选所有接收到的静电噪声。这些噪声可能就是地外文明的一台发射机发出的。”见习研究员用谨慎的口吻对弟弟说。

“我记得从前可不是这样的。我走的时候，是二十八面直径为九米的抛物面天线组成的米波综合孔径射电望远镜，而且也不是为了寻找外星人……但，它们听到什么了吗？”弟弟像是压抑住满腹疑虑，装作感兴趣的样子淡淡地问。

“哦，迄今什么都还没有听到；但这些设备还将一直工作下去，请您放心好了。”

我把弟弟拉到一边，小声告诉他，这些设备都是后来天文台改建时添置的。其实，它们只是一些象征性的装置，是为了纪念父亲而保留下来的。在世界各地，还有很多这样的东西，为了缅怀父亲而存在。不必把它们的外在功能太当真。

“纪念？缅怀？外在功能？”弟弟低垂着脑袋，重重地踱着步，叹息道，“没有想到，在我走后爸爸竟成了名人。”

我看着眼前这些正在营造出强大欺骗效果的碟形天线，身心都沉浸在无际的梦幻中。我不禁回忆起父亲健在的时候，我和弟弟所享受的天伦之乐。父亲带我们去电影院看大片。他乐呵呵地为我们买来爆米花和可口可乐，而自己则节俭地只喝一小瓶自带的凉白开。一切多么的真实呀。小时候我们也会作弄他，虚掩上房门，在门框上搁一个装满水的塑料盆子。他回家时一推门，水盆就掉下来，把他身上全都弄湿了。他有些恼，但只是一瞬间，脸上就又挂上了和蔼的笑容，然后跳着脚，冲进厨房给我们做饭去了。那时候母亲上班远，很晚才回来，所以总是父亲当厨子。他烧的菜很好吃。那时，我们住的房子很小，父亲收集的不明飞行物资料又多，只好堆放在大纸箱子里面。只有当我们把他的资料翻乱或者弄丢时，他才会难得地真的发一次火。就这样一个人，如今却不知是成了鬼还是成了仙。

我听见弟弟在问天文台的见习研究员：“……我走后，大家后来还做过什么吗？”

“你是说发射新的飞船？没有了。再没有进行过太空探索。现在飞得最远的，除了您，就只是美国人的‘先驱者’和‘探索者’了。但您一定撵过它们了吧？”

“为什么会这样？这么多年过去了，难道大家就什么事都没有做吗？连我都回来了。”弟弟不谙世事而怅然的样子真是可怜。然而，弟弟还记得四十年前的那些不真实的事情吗？我心中一阵苦涩。

鸟儿在四周欢愉地歌唱，它们寂寞一个冬天了。春天来临时鸟儿就开始歌唱，是因为春天的日照时间比冬天要长，鸟儿们大脑里的细胞受日照时间延长的刺激，便开始分泌荷尔蒙。科学家说，荷尔蒙是动物体内分泌系统分泌的能调节生理平衡的激素的总称，它对动物新陈代谢内环境的恒定、器官之间的协调以及生长发育、生殖等起着调节作用。在荷尔蒙的刺激下，鸟儿的身体分泌出更多的激素。达到一定程度之后，鸟儿就有了寻找配偶的需求。于是，它们便开始唱歌，以此来吸引异性。所以，一般春天也是鸟儿繁殖期的开始。丛林成了生命们耗尽毕生精力追求幸福的宇宙。

我想，作为兄长，是否应该给弟弟说个媳妇了呢？他把青春完全献给了祖国神圣的航天事业，连个对象都没顾得上谈；而对于四十年后的新女性，他大概是更加陌生了。他不知道，与他走的那会儿相比，她们的变化有多大。他现在只看到了国家和城市的变化。当年，我们全家只是为弟弟被选作亚光速飞船的宇航员而自豪，并为我们民族的进步而备感荣耀，倒真是忽略了他的个人需求，记忆中连父亲和母亲都很少提到那方面的话题。因此，此时此刻当我看着弟弟朝气蓬勃的脸庞，心中不禁浮起一层愧疚，随即感到的却是羡慕，又隐隐滋生了一丝似不该有的嫉妒。我为此不安了，慌张地把头掉过去。然而弟弟还是一言不发地直视着我，眼神越来越绝望。突然间我又一次觉得弟弟的模样并不真实。他的确像是一个从暗黑世界返回的鬼魂。他依然如鸟儿一样活着吗？那样一趟极不寻常的旅行难道就没有令他发生什么改变吗？可他就那样目不转睛地久久凝视着我，也许是从我的身上找到了父亲的影子吧。我和弟弟都长得更像父亲而非母亲。

由见习研究员招待，我们中午在天文馆吃了便饭。下午，我们游览了附近的辽代古塔群。所到之处，一种阴间似的幽冷感如影随形。晚饭是回到绿岸山庄后吃的。在饭厅里坐下来，仿佛才松了一口气。菜肴里面，有从水库里刚刚捕捞起的红鳟鱼，另外，我还专门请厨师做了弟弟爱吃的清炒竹叶菜（这也是当年父亲的拿手菜）。我们喝了一瓶自带的茅台，不知不觉间天色再度准时地暗了下来。城里因为大气污染而不能看见的星星，此时都在念珠般哗啦啦地耀动不休，着实令人心悸，而气温也下降了。瞥了一眼窗外斜挂的星空，我突然想起弟弟刚刚去过那里，不禁暗自惊诧。

此时弟弟的目光十分迷茫，脸上又浮现出了我不熟悉的神情。

父亲第二次来山庄的时候，弟弟已经离开地球六年了，掠过了半人马座的比邻星。父亲坐在湖边，遥望夜空，心想宇宙中应该有很多智慧文明，说不定正跟自己的孩子一样，在做着星际旅行呢。外星人必然是广泛存在着的，但他们为什么还没有与人类发生接触呢？

这个时候他的心突然就悸动了一下，平生第一次觉得宇宙有些可怕。他想外星文明为了在一个竞争的环境中存活下来，争取优胜，不被劣汰，就一定要对自己的生存发展环境进行干预，而且干预得越多、干预得越深、干预得越强，就越是于己有利。也就是说，高级的技术文明必然一直在对宇宙的基本结构进行着一些“改动”，甚至是重大“修正”（就像人类要铺筑长城、兴建大坝、制造大型强子对撞机，还要改造月球和火星的大气及地貌一样）。是的，比人类更为先进的外星智慧文明不仅能够进行太空探索，还应该能够制造戴森球，能够挪动恒星至他们预定的轨道，能够自如地控制黑洞并利用它们来生产能源，能够在自己的太阳灭亡时进行大规模宇宙移民，能够利用统一场理论来制造他们所需的大尺度产品，能够重新安排原初气体创造他们想要的星系，能够为了自己的生存而引爆超新星消灭竞争对手，或者能够为了躲避强敌而改变宇宙的某个常数，甚至，能够通过控制量子引力重新组织时空模式……虽说他们中的一些家伙有可能因为谦逊或者因为自私或者为了避免树大招风引来杀身之祸而刻意隐蔽自己的行踪，但只要哪怕众多的文明中有一个因为“无知”而在作上述“改动”——比如，只要卡尔·萨根预言中的第三型文明（即能够掌握自己恒星系统资源的文明）稍微做几件“小事情”，那就足够了。如此一来，宇宙就不应该是人类今天观测到的样子，其结果必然是，物理和天文现象也就不应该是人类今天描述的这般情形。换句话说，我们就不会拥有现在大学教材上书写着的这一套自然科学体系，牛顿定律和爱因斯坦理论都将成为谬论。

难道不是这样吗？父亲进一步设想，在宇宙的基本状况和结构（在宏观和微观两个尺度上）已被先进的外星智慧文明加工过了的情况下，人类竟能用一套“客观”的物理理论去解释宇宙的起源，描述它的运行，预言它的终结，并根据这样一种所谓的“规律”制造出亚光速宇宙飞船。这难道不是一个巨大的悖论吗？那么，是因为外星文明改造宇宙的力量还太微弱而无法造成足够的影响，也无法被人类观测到，还是因为地球文明真的是宇宙中唯一的绿洲？又或者人类已经被外星人隔离在了一个看不到任何变化的“自然保护区”之内？除了这些解释，是否还存在另外一种可能呢？

父亲想，这只能说明宇宙的本性就是自相矛盾的。宇宙天生是有某种“毛病”的。它根本不需要任何符合逻辑的解释。换句话说，这是一个“荒谬的宇宙”，它天然地存在着许多的漏洞和缺陷，从而出现了大量的悖论。费米悖论只是其中的一个。从物理学到数学，从自然科学到社会科学，其间有无数悖论，永远也找不到合理的解答，或者说，根本不需要解答。这与上帝存在与否一点儿关系都没有。

这就是父亲那天晚上坐在绿岸山庄的湖边，头脑中突然冒出来的想法，这个想法推翻了他以前关于外星人、关于宇宙的信念。

弟弟听我挤牙膏一般说着这些奇奇怪怪的话，没有丝毫反应，只埋头专注地大口大口吃着东西，嘴里发出使劲咀嚼的声音，好像他在太空旅行时从未吃过饭一样。星光像大团的味精一样落在他的手上和饭碗中，我吃惊地意识到自己竟已能看出星光与灯光的不同。

“爸爸的余生都在宣扬他发现的所谓真理。刚开始没有人理会，认为生命、宇宙及世间万物可能只是一种幻觉的观点，古已有之，并不稀奇；但后来就有人注意到了爸爸思想中的殊异之处，这启发了卢卡斯·波多尔斯基，就是后来获得诺贝尔物理学奖的那个德国天才。他试着重新做了一个宇宙模型——不是圈量子也不是弦，结果推倒了以前的理论和假说。他从根本上证明了宇宙的‘伪性’。据说，他与爸爸在互联网上还通过信。爸爸在与我闲谈时也提到过这一点，但他去世之后，我在他的邮箱中并没有找到这样往来的信件。”

“你偷看了爸爸的信箱？”弟弟突然停下筷子，抬起头来。

“不，不能说偷看吧……我们以前对他了解得的确太少了。”我惴惴不安地说，不敢看弟弟的眼睛，转头瞅了瞅窗外黑沉沉的湖水。父亲的半边脸好像又从湖中的旋涡里浮了出来。

“你一直在说我们以前对宇宙了解得太少。”弟弟像个夜叉一样撇撇嘴角，吐出一根很粗的鱼刺。这样子令我觉得十分恶俗而陌生。

我这时竟然忘记了弟弟刚刚从那不可思议的宇宙中回来，他才最有发言权。我只是尽量耐心地对这个年轻人说，实际上，人类突然发现，宇宙就像一层窗户纸，一捅就破，只要稍微向前迈一小步，伸出一根手指头就行。这就好像禅宗的棒喝。顿悟看似改变了精神世界，但其实改变的是物质现实。很细微的一点儿改变，整体就全部改变了，思想面前人人平等，只需要神经细胞中的一点儿火花，就推倒重来了——这与整体性有关。“当人类发现他们所处的时空竟然是‘伪’的时候，他们对宇宙的敬畏心就一下子消失了。有人开始根据波多尔斯基提供的宇宙模型尝试制造大大小小的各种宇宙，因为这已成为一件很容易的事情。波多尔斯基本人也成立了一家公司，果然造出了很多个宇宙——就像在流水线上制造电视机一样简单方便。后来，这几乎成了一项全民运动，连中学生都可以在计算机上设计他们想象中的宇宙，只要在平面视图上为它标上维度并规定因果律就成，而无须涉及对巨大能量和物质的加工。当然了，人工制造出来的宇宙同样漏洞多多，悖论无数，但再没有人觉得这些会成为问题，大家已经习惯了。这些宇宙中自然也包括我们现在居住的这一个。”我竭力镇定地说。

“我现在就待在你们制造的宇宙中？”弟弟难看地咧嘴笑了，“有趣。”

“是我们都待在我们自己制造的宇宙中……这是你走后发生的事情。”我再次避开了弟弟那虚幻的眼神，“不过，据爸爸讲，他有一段时间还差点儿担任了波多尔斯基公司的名誉顾问。”

我突然好奇，在过去四十年里，弟弟究竟去了哪里？他在最孤寂的时候，是否想念过我们呢？他是否后悔进行这趟旅行？但我不敢把这些问题对弟弟提出来。我们不再像四十年前那样无话不谈。

“那么以前那个宇宙呢？它已经存在了一百五十亿年，现在到哪里去了？就像换一件旧衣服那样换掉了吗？那么多乱七八糟的公司、国家怎么不出面来管一管呢？”

我无语。是的，那是弟弟以及许多人以青春和生命为代价而奋斗于其中的宇宙。一代代的人们，英雄豪杰和芸芸大众，为了探索它的真谛，做了无数可歌可泣的事情，付出了英勇的牺牲。现在知道它不是那么回事，对弟弟是公平的吗？

“到底出了什么事？”弟弟的语气沮丧至极。

“其实一切正常，什么事也没有发生。”连我也听见自己的语调中带着老人才有的哭腔。

“但是有人自杀了，对吧？他们是因为这个而绝望了吗，哥？”

弟弟有些艰难地吐出最后那个字，微微扬起下巴，流露出无助的神情。这让我又看到了他小时候站在山路边的可怜模样。是的，在这一点上，一些人（只是极少数人）说父亲做错了。因为这个，父亲后来过得并不快乐，而我和母亲一直是“保护父亲运动”的中坚分子；弟弟他身陷另一个宇宙中，没有参与。

记忆中，我和弟弟很少在一起喝酒。饭后，由于酒精的作用，我们仍然十分亢奋，弟弟便又一次搀着我，来到湖边散步。我对弟弟说：“爸爸在最后的那段时日里，还来到这里住过。他时常念叨你，跟我和妈妈回忆你小时候淘气时的情形，并检讨对你的照顾不周。你走后有一段时间，他总说他很忧虑，担心你遇上麻烦，发生危险。你遇到过什么麻烦吗？”

“呃……没有。”弟弟还是一句话也没有提，他在旅行途中是否想念过我们以及他到底遭遇了什么。

“后来，爸爸其实已经完全放弃了对宇宙的思考。他觉得，它既然已经是这个样子，那它怎样下去就与他彻底无关了。他成了一个成天遛狗逗鸟的普通老人。但他还是挂念你，一说起你，就老泪纵横。他小孩子一样反复念叨你的名字——但在我看来，这又是矛盾的。你就航行在这个被他断定为有问题的宇宙之中，挺无辜的是吧？如果爸爸不是真的仍然在关心着这个宇宙——他记忆中从前那个未被置换掉的宇宙，又怎么可能牵挂到你呢？”

父亲以前在一家国家大机关的后勤服务部门工作，为领导开车。他勤勉认真，把心思都用在了工作上。他的生活简单而朴素。直到有一天，单位出了事，一位领导私开公车，撞死了行人。他的秘书来找父亲，要父亲帮忙出面顶替，条件亦很优厚。这位领导平时待父亲不错，父亲便答应了。父亲因此蹲了三年牢。出狱后，父亲迷上了不明飞行物，才对过往的事情慢慢想开了，淡忘了。父亲的世界观和人生观都发生了巨大的变化。也许，在那个时候，父亲就在潜意识中觉察到了世界的真相。父亲究竟是个什么样的人呢？我们大概真的从来不曾了解过他。

“这些年我不在，你和妈辛苦了。”弟弟的声音又空洞虚幻地飘了过来。

我觉察到弟弟好像在流泪。对于他来说，他只离开了几个月。他对父亲的记忆，其实就停留在昨天，那的确比我更深厚、更真切。这竟是我们的不同之处？我忽地感到了人生的仓促，迈不开步子了。

“那么，你在宇宙航行中究竟看到了什么？能跟我说说吗？”此刻再来谈论弟弟去过的“那一个宇宙”已经没有多少意义，但我还是不由自主地说了出来，好像是父亲的灵魂在催促我这样问一样。

“你知道，我这次飞行并没有承担寻找外星人的任务。”

“但你还是看到了什么吧？你不可能什么也没有看到。”

他在星光下沉重地摇了摇头，像一只在花丛中迷失了方向的蝴蝶。

“呵，那难道是国家机密？”

我流露出了些许悻悻的口气，甚至带着点儿不满。即刻我又觉得这样怀疑弟弟有失兄长的气量。弟弟回来后，面对媒体采访，缄口不语，必有他的原因。很多事情我并不知晓，也不便知晓。不管宇宙如何变化，像四十年前一样，弟弟仍不属于他个人。而我已经老了。我记得父亲老了的时候，也是多话，让周围的人不爱听了。是我对不起弟弟。他是代表着国家，冒了极大的风险去的，为探索当时的那个宇宙，吃了很多苦。他出发的时候全国人民都眼含热泪为他送行，也期盼着这个历经磨难的古老民族因此就能更快地走上复兴之路。在他离去的那一刻，父亲像是一尊青铜雕塑，一动不动。只有眼眶里打转的泪花，让人看出他还是个活人。但现在这一切都变了，与当初不一样了。都是因为某天晚上在绿岸山庄的湖畔，父亲大脑里滋生的一个念头吗？现在，弟弟终于回家了。他除了说认不出来这个国家，还会说些别的什么吗？

这时候，一团发着强烈绿色冷光的东西浮现在远处的山梁，很快朝我们这边飞来，刚好掠过水库的上方，把湖面映照得一片惨然透亮，连沉底的重重尸骸都耀射了出来。仿佛这里不久前曾发生过一场大屠杀，但那段历史谁也不会提起了。栖息在树林中的群鸟惊飞而起，呀呀的叫声凄厉地传遍夜空。我浑身一片寒意，抬头看去，在不明飞行物的外壳上见到了成排舷窗一样的东西，像小孩子的玩具一样，那样漂亮干净。最近这些年来，这儿已成了飞碟的固定航线。它们在我国的领空中肆意来往，不避人眼目，父亲却没有等到这一天。

“真像啊。”弟弟只看了一眼，不动声色地说。

“不，它就是真的！”我以老人特有的执拗语气大声说，眼中满含泪水。不明飞行物于是渐渐地模糊了，变成了一团稀饭般的东西，悄悄地没入了宇宙这个似有若无的大湖。

这时我惊讶地看到，弟弟的身形一下子不清晰了，随后，竟烟雾一样慢慢散失了，只剩下我一人伫立在苍茫天地之间。哎呀，弟弟其实早已经不存在了吧？当那个宇宙被置换掉时，孤独而不知情地旅行在浩渺太空中的他就应该被杀死了吧？这样说起来，他也算是间接地死于父亲之手。

那么，刚才站在我面前的这个年轻人又是谁呢？

像他这样抱憾而怀恨的人，还有多少呢？

我偷偷地捏了捏自己的手臂，感到它像一段酥酥的木炭，没有疼痛感。就在这时，在亚麻般的夜色中，弟弟又一点儿一点儿地重现了，最后恢复成了完整的一个人。

湖中有一个小岛，父亲的墓就筑在上面。崇敬父亲的人们设计了很多方案，母亲最终选定了这个样式。在一个乌龟壳般的合金罩子里面，埋葬着父亲的骨灰。

翌日，我和弟弟租了一条小船，登上湖心岛。四顾无人，万籁俱寂。这时吹来了一股意外的冷风，像是这个季节里的逆流。现在已经知道，风并不仅仅是由于空气在自然界气压梯度力的作用下流动而形成的，这让我感到恐惧，这是只有知道真相后才会体会到的恐惧。弟弟恐怕还是不太能觉察到吧，他还需要一段时间来适应变化了的环境。

弟弟在父亲的坟前跪下，用不像人类的声音号啕大哭，像是要永远地告别过去。哭了一阵，他站起身来，抹着眼泪问我：“爸爸最后的时刻，是怎样的？”

“他走得很安详。”我闪烁其词。

父亲死得很怪异。那是我最后一次陪他到绿岸山庄小住的时候。一天早上，我刚起床，发现他的轮椅还在，人却不见了。后来人们在水库中找到了他面目狰狞的尸体。八十八岁的老人是怎样独自走到湖边去的呢？他是自杀，还是被谋杀？警察也未能给出明确的答案。父亲之死至今还是一个谜。

我记得的是，送别的时候，是我推的那辆黑色的灵车。弟弟的一张彩色照片就放在父亲的头畔。我的目光始终落在父亲那被白布裹住的脚部位置，不敢看他化过妆的面孔。我强烈地觉得他的身体是物质性的。我也知道这一切或许都是假的——我和弟弟共同拥有的父亲是假的。尽管如此，我还是一直把他护送到了焚化炉前。就在这时，炉门刚好打开来了，一具煅烧过的人类尸骸噗的一声被吐了出来。我满目都是亮晶晶的细碎玩意儿以及苍蝇一样腾舞着的许多金灿灿的火花。形若一株桃树的殡葬工人戴着白森森的口罩和手套，熟练地在玻璃一样的骨渣子里面挑挑拣拣。

“宇宙既然如此，那为什么我们还要存在下去呢？”弟弟装模作样地问。

“大概，这就是父亲的希望吧。”我淡淡地答道。

小岛孤零零地像是凭空悬浮着。碧绿的湖水从四面八方围困了过来。远处是一环接一环的青翠群山，仿佛一张又一张连续播放着的幻灯片。新的一个季节开始了，但它不会维持太久，很快就将变身为夏天，又要与去年一样，满山都是鸣蝉。

◆第21届银河奖杰作奖获奖作品

时空追缉

江波

“这项任务很艰巨，你想一想再回答我。”总长坐在宽大的皮椅上，整个人陷在里边。他望着马力七十五，细小的眼睛眯成缝，然而马力七十五知道他正盯着自己。

马力七十五眨眨眼：“我想过了，我会去的。”

“好。”总长站起身，绕过办公桌走到马力七十五面前。总长的身材很高大，让人有一种压迫感。他严肃地盯着马力七十五，突然转身，走过去关上门。玻璃外面，上百名警员正忙忙碌碌。

总长注视着这一切。他没有回头，突然开口说话：“马力，你是最好的警员。坦白地说，我不希望派你去执行这个任务。”

马力七十五默默地听着。

“但是，我们需要给公众一个交代。”总长转过身，正对着马力七十五，“你了解卡洛特，他是个危险人物。”

“是的，他的确非常危险。”

“而且非常嚣张。”总长踱回大方桌后边，再次陷在椅子里，重重地呼出一口气，“如果他偷偷地潜逃，那也就算了，我们管不了那么多。但是他居然把这个消息送到新都会，还有大大小小二十多家媒体，进行现场直播……现在这件事，连总统的新闻发布会都在谈。你知道我的压力有多大。”

“我明白。”马力七十五简短地回答。

“好的。他是匪徒，你是英雄，你要去追缉他，而且要有和他一样的排场。”

马力七十五不禁微笑了。多年以来，卡洛特一直生活奢靡，经常出入各种高档场所，挥霍他那些来路不正却没人能指证的钱。他也捐献大量的钱，从救助街头的流浪儿到天穹星的开发。事无大小，他几乎都会以一个慈善家的身份参与，赢得无数的闪光灯和掌声。至于那些展示学识和优雅的艺术沙龙，他们都以卡洛特能够参与其中为荣。卡洛特其人，就是排场的代名词；而他——马力七十五，则是一个秘密警察，一个低调、隐忍、办事规矩的政府雇员，和排场绝不搭调。

“我们会给你颁发五星勋章，总统会亲自把勋章给你戴上，表彰你五年来兢兢业业搜罗卡洛特的犯罪证据。然后你会有一艘最了不起的飞船——‘双子星’号。这飞船和那个该死的贼偷走的飞船型号一样，但他偷走的只是原型机，你的飞船却是做了改进的。而你，我会当众宣布，你是我们最杰出的探员。你经手的大案子会全部公之于众，人们会知道你是多么了不起的人物。”

总长站起身，双手撑着桌面，身子前倾：“你会成为历史人物，马力七十五。一个人一生能得到的最大的荣誉，你会在三天内全部得到。”

马力七十五点点头：“我明白，总长。我会去的，但是有一个小小的要求。”

“哦？”总长有些意外，他第一次听到自己手下的秘密警察会提出要求，然而他立即爽快地答应下来，“你说吧，只要我能办到。”

“我走之后，希望得到一笔钱——数目大到足够一个人体面地过完一辈子——存入瑞士金行指定户头。”

“我给你三百万美元。这笔钱每年的利息足够维持一个人的日常开销。另外，十年之内，每年追加通货膨胀补偿。”总长飞快地开出价码。

“谢谢。”马力七十五点点头，“新闻发布会现场，我会打电话给瑞士金行的保密顾问，确认钱是否到账。”

“你这是不相信我啊……”总长微微有些不快。

“对不起，总长，你应该可以理解这一点。干我们这一行，不能相信任何口头承诺。”

“好吧。你说得对。”总长坐下来，十指交错，“我们认识很久了，一直合作很愉快。钱我将确保到账，但我需要知道这钱的用途。”

“我认识一个女孩子，这钱是给她的。”马力七十五说。

“女孩子？你不是在开玩笑？所有的 AAA 级探员都经过记忆清洗，不会记得任何关于私人的秘密。”总长十分诧异。

“是的，但我还记得。”

“哦。”总长挤出额头的皱纹。这是一个重大失误。一个 AAA 级探员，从事秘密警察长达二十年的高级警探，居然宣称他还记得一个女子。总长无法相信这样的事，但马力七十五就站在眼前，亲口说出这样的话。这是重大的纪律问题。不过这样也好，马力七十五注定会全力以赴。

“好吧。”总长最后说，“既然这样，我不多问。钱会到账。你会成为我们的英雄的，对吗？”

“我明白。”马力七十五点点头。

永别了！我的世界。马力七十五内心默念。台上，总统站在他的左边，对着台下展露出标志性的笑容；空间安全委员会总长站在他右边，军服笔挺，神情严肃。

台下热烈的欢呼声此起彼伏，总长安排的几个暗桩恰到好处地激起了人们对马力七十五献身精神的无比崇敬之情。他们热烈地呼喊着马力七十五的名字，用各种赞美之辞来描述他。

总长兑现了他的承诺，三百万美元已经在账户里了。钱进了瑞士金行，除了约定的身份认证，没有任何办法取出。

马力七十五举手让大家安静。

偌大的会场很快沉静下来。

“我……”马力七十五清清嗓子，“我知道卡洛特，他很聪明，狡猾，使用各种手段窃取了大量的财产。”现场响起一片议论之声，马力七十五不得不提高声音，“但是，正义的力量更强大，我们掌握所有的犯罪证据，对其提起了公诉，并且挽回了所有能够挽回的损失。卡洛特已被缺席审判判处无期徒刑。我们现在要做的唯一一件事就是把他绳之以法。

“这正是我要做的。我将跟踪他的轨道痕迹，进入时间螺旋区，在他自以为摆脱了法律的时刻出现在他面前，控诉他、逮捕他。

“任何人，任何人，只要他犯了罪，就要受到法律的惩罚，绝无例外！”

现场响起热烈的掌声。

“请问，马力先生，据说卡洛特逃到了三百年后。我们连三百年后的地球是什么样子都不知道，怎么保证对他的裁决一定会得到执行？”有人在人群中问。

“是的，我们不知道三百年后的地球会是怎么样，但是，马力七十五会知道，不管那时世界是怎么样的，马力七十五都会找到卡洛特，把他绳之以法。”总长接过了这个问题，“卡洛特已经跑了，对这个世界，他再也产生不了任何影响，但我们不能放过他。马力七十五会代表正义对他执行判决。”

“太空泛了，你永远不可能监禁他。你没办法阻止他逃跑。”还是那个声音。

马力七十五循声望去，看见一个亭亭玉立的身影，白色套装，头发盘成高高的发髻。虽然隔得很远，他还是看清了发髻上晶莹的钗子，仿佛紫色的水晶，这样的发饰不多见。这个女人讥讽似的盯着马力，似乎在向他挑战。

“我会找到办法。我可以用一艘飞船把他终生流放，或者请那时的政府协助，把他监禁起来。办法有很多，你完全可以相信我。”

总统接过话头："这位女士，我们的司法部门已经达成一致意见，对于这种试图通过时间螺旋来逃避法律制裁的行为，政府将保留追诉权，对他的控诉永远不会过期，哪怕到三百年以后。只要马力警探跟住他，找到他，他就必须接受法律制裁。另外，时空机器的使用将受到政府的严格监控。除了政府特许机构，任何机构不得从事相关研究和试验。这将有效地防范类似事件发生。"

总统话音刚落，半空中突然传来"嘶嘶"的声响，全场一下变得很安静。

时间到了。在巨大的电磁扭力作用下，时间螺旋区已经形成。苍穹上仿佛打开一道深黑的口子，深不见底。"双子星"号正以反重力姿态悬停在深渊边缘。

"通道已经打开。马力警探即将出发去完成他的伟大使命！"总统带头鼓起掌来。在热烈的掌声中，马力七十五走过红地毯，走向穿梭机。

他在登机舷梯上回过头，朝人群挥挥手。

穿梭机飞升起来，它向着"双子星"号靠拢，最后对接在一起。

一刻钟之后，穿梭机脱离。

"双子星"号静静地等待着最后的信号。深空研究所的专家们正紧张地核对轨迹，确保马力七十五能够跟上卡洛特，而不是去到一个错误的时空。

人们看见"双子星"号发出炫目的红光。整艘飞船化作一道光射入黑色深渊中。黑色深渊顷刻间消失。

三百二十四年又七个月三天三小时四十五分。仪器上显示这样的时间，"双子星"号把马力七十五带到了三百多年后的空间。

然而，仿佛什么事都没有发生过，马力七十五没有感觉到任何异样。

很快，他意识到自己正面临严峻的考验——他不在地球上。空旷的宇宙空间，这就是"双子星"号的处境。

马力七十五找到了太阳。太阳仿佛一个小小的光斑，在远方闪耀。这里甚至不是地球轨道，他距离太阳七十四亿公里。在一瞬间，马力七十五死了心。这不是他能够执行任务的地方。按照这样的距离，“双子星”号需要三十年的时间才能抵达地球，那时他早就成了干瘪的尸体。这纯粹是送死。

但他很快找到了目标。卡洛特的飞船，“奥德赛”号，就在不远的地方，距离“双子星”号七十七万公里。深空研究所的专家在这一点上没有让人失望，他们不知道会把马力七十五抛到什么地方去，但他们知道马力七十五一定在卡洛特附近。当然，马力七十五并没有发现卡洛特，而是卡洛特发现了他并主动向他发送信号，马力七十五接受了通信请求。

“哈……我的老朋友，很高兴又见到你。”屏幕上卡洛特的表情很愉快。

“卡洛特，你的判决已经下达。我奉命来逮捕你。”

“别开玩笑了，这里什么都没有，除了你和我。你不可能逮捕我。”卡洛特得意地眨眨眼。

“我会抓到你的。”马力七十五面无表情。

“好吧，欢迎进行一次冥王星大追捕。”卡洛特耸耸肩，做出一副无可奈何的样子，“来吧，我等着你。”

虽然这举动看起来好像很蠢，但马力七十五还是命令飞船向“奥德赛”号靠拢；除此之外他无事可做。

卡洛特没有说错，他们的确在冥王星轨道附近，而且是在这颗著名矮行星椭圆轨道的远端。此刻，冥王星正在轨道的另一端，需要过一百多年才会来到这儿，所以没有任何热闹可看。

马力七十五收到一些微弱的广播信号，隐隐约约，似乎是一场战争。然后，他了解到一队飞船正在飞向冥王星。看起来飞船的主人计划在这颗星球上建立基地，建造核电站，供给下一个太阳系外的探险计划。当然，他们还需要十多年才能抵达，然后再用七八十年的时间，才能到达马力七十五的位置。

七十七万公里的旅程需要耗时三天，很无聊。马力七十五除了吃，就是睡。卡洛特也没有再找过他。然而“奥德赛”号一直停留在那里，等着马力七十五。远离太阳的空间辐射并不强烈，马力七十五打开了舷窗防护层，直接用肉眼观察这个世界。每一颗星星都很明亮，璀璨满天，比地球上最壮观的星空还要壮观一万倍，而太阳的光亮却很柔弱，仿佛烛光一般。他望着“奥德赛”号的方向，一团漆黑，“奥德赛”号隐藏在黑暗中。

我会死在这里，让“双子星”号把尸体带回地球……马力七十五想。至少，地球上的人们会发现他，通过“双子星”号上的记录，他们会知道他忠实地履行了自己的职责。是的，他会留下遗言，让那些发现他的人把他带回新都会城安葬。那里是他出发的地方，也应该是他的归宿。

一阵信号打断了马力七十五的胡思乱想，卡洛特再次找上门来。

“反正我也很无聊。你还有一会儿才能到，不如我们聊聊天。”他开门见山。

马力七十五不置可否。

“你为什么要追来呢？你永远不能回溯时间，你会失去一切。”

“从来没有一个罪犯从我手里逃走。”

“原来动力是崇高的职业精神。”

“不，是正义。”

“正义？你代表正义？”卡洛特做出夸张的表情，仿佛非常惊讶。

马力七十五不动声色。

卡洛特的表情放松下来：“好吧，你太缺乏幽默细胞了，正义先生。从五年前开始，我每年资助超过六千名困难学生，让成千上万的流浪儿得到温暖的家，赈济了无数灾民，捐助了两个最前沿却接近关门的实验室……就连宇航局的大门上都刻着我的名字。如果没有我，他们就缺少足够的资金把大批的人送到火星去……你肯定已经清算过我犯下多少罪行，但如果你清点一下我带给人们的好处，这张清单会比你手头上的那个长得多……”卡洛特连珠炮般滔滔不绝地说着，马力七十五只是听着。

终于卡洛特停了下来，他静静地望着马力七十五。

马力七十五同样望着他。

终于卡洛特开口了：“你认为我说得对吗？”

“你是贼，我是警察。”马力七十五说。

“哈哈哈哈哈……”卡洛特狂笑起来，“贼……哈哈哈哈哈……”他笑得上气不接下气。

卡洛特终于缓过劲来，他说：“我们还有六千公里的距离。这不算太远，你很快就能追上我。一旦你追上我，你打算怎么做？”

“想办法抓住你。”

“这么说，我最好还是小心点儿。”卡洛特一本正经地说，“我要逃了。”

“我会跟着你。”

“小心点儿，别跟丢了。”卡洛特露出一丝不怀好意的笑。突然，图像消失，紧接着，“奥德赛”号的信号也没了踪影。

马力七十五在一瞬间明白过来——卡洛特再次进行了跳跃。

这不可能！没有深空研究所的那些专家打开时间螺旋，飞船无法穿越时空。马力七十五感到一阵惶恐。

不过，问题很快解决了。“双子星”号收到了来自“奥德赛”号最后的信息。信息中包括单船跳跃手册，这本手册马力七十五从来没有见到过，然而根据“双子星”号主机的验证，单船跳跃完全可行。另外，信息中还有一组跳跃参数。根据这些参数，“双子星”号可以去到另一个时空——但是，谁也不知道卡洛特是真的等在那儿，还是设计了一个骗局。

别无选择。马力七十五命令“双子星”号根据参数进行单船跳跃。他望了一眼太阳，太阳就像一点烛光，黯淡无光。

转眼间，这光亮消失了。仪器上的时间变成了三千六百七十七年又八个月四天八小时八分。

这一次的情况更糟糕，马力七十五完全不知道自己身在何处。星星有很多，但没有太阳。“双子星”号脱离了太阳系，迷失在群星中。

卡洛特没有骗人，他的确也在这里，距离马力七十五只有两万公里。

“哈……正义马力，你居然花了三个小时才搞定。我是不是有些高估你了？”

“为什么要到这里来？”

“没什么，我只是逃跑，逃跑哪儿能顾得上想清楚为什么。”

马力七十五有一种被愚弄的感觉。卡洛特可以轻而易举地摆脱他，却还是让他跟到这里。

“飞船怎么能进行单船跳跃？”

“设计如此。很高兴它能正常工作，否则我们就直接去见上帝了。”

“我们在哪里？”

“谁知道呢！这件事要怪你，如果不是你逼我，我也不用匆匆忙忙出发，至少我可以等到目标定位比较准确一点儿。”

“什么意思？”

“这飞船能够精确地控制时间，但没法控制地点，跨越时间越长，误差就越大。现在谁都不知道我们在什么地方。”

“那就是说，你给自己选择了死路？”

“死路？说得不错，我肯定是会死的。这样的死法比较浪漫，所以我来了。问题是你为什么要跟来，难道他们没告诉你这是死路？”

马力七十五没有应声，他们当然知道这点，只不过他们更需要一个勇敢的英雄。马力七十五心存侥幸，也许事情不会那么糟糕，然而事实已经告诉他，这就是死路。

“我说过，我来抓你。”马力七十五说。

“好吧，正义先生。我可是经过慎重考虑才这么做的，虽然空间定位不准，但它可以帮助我不断跨越时间。当然最好能在地球上，可是我想过，几百几千几万年以后，地球只是一个小地方，我随便落在银河系的哪个角落都可以。人真是奇怪，你们想把我关到监狱里去，限制我的自由。现在我自己踏上死路，你们却一定要派个人跟着来。这样也好，至少可以有人和我分享这最后的旅行。”

“你到底想做什么？”

“我想旅行到世界末日。”卡洛特哈哈大笑，“当年我知道你在查我。其实只要我愿意，打上几个电话，你就没办法查下去了，甚至更糟糕……你明白我的意思。但是我没兴趣为难你，于是跑了。可没想到你居然喜欢为难自己，跟着我到这里来了。”

“双子星”号继续向“奥德赛”号靠近，马力七十五发现有两个物体也在同时靠近“奥德赛”号。他想了想，决定暂时不告诉卡洛特。他继续和卡洛特谈话，关于这个案子，的确仍有些地方比较模糊，他也想弄明白。

“你有很多眼线。”

“是的。”卡洛特很坦白，“你很想聊聊这些，是吗？”

“随便你。”

“现在我们两个相依为命，这些往事——这些三千多年前的往事也无所谓，我就告诉你好了。拣最重要的说，起诉书里最大的罪名是盗用一笔七百六十五亿美元的资金，从共同基金里用非法手段转移到个人账户。这七百六十五亿美元我都送给政府了，每笔钱都有明确的记录，每笔钱的接受者对那个神秘的捐款人都异常感激，他们非常乐意提供某些方便。所以，就像你所说的，如果愿意，我可以有很多眼线。”

“你在贿赂政府。”马力七十五对此早有预料，只是他一直没能找到确切的证据。他希望卡洛特归案之后，能够找到更多的线索，没料到卡洛特却选择了这种史无前例的逃跑方式。

“哦……我只是把钱从一个人的口袋转移到大众福利上去。如果不能兑现财富，钱也就没什么用。我只是让它发挥自己应该有的功能而已。”

卡洛特用奇怪的理论来为自己辩护，说起来仿佛头头是道。是的，共同基金太庞大了，按照市值计算，它可以买下地球上的所有产业，包括六十五亿人口——假设平均每个人价值三百万美元，而这庞大的基金被不超过三千人拥有。

卡洛特眨眨眼：“你知道为什么我给政府好处，秘密警察却要追查我、起诉我？”

“为什么？”

“因为共同基金养着你们。那些穷得叮当响的政府机构当然也拿钱，但是不多，也就够混口饭吃，所以他们从我这里拿到天文数字的钱后高兴得不得了。但是对于秘密警察，我甚至没办法把钱给出去，他们对此防范十分严密。”

突然间，卡洛特的图像抖动起来，两个小点加速向他靠拢。

“怎么回事？”卡洛特有些吃惊，但并不慌乱。

“有两艘飞船正向你靠拢，你可能是他们的猎物。”马力七十五平静地说。

“真的？”卡洛特扬了扬眉毛。

马力七十五点点头，信号变得一片混乱，很快中断，然而马力七十五还是听清了卡洛特最后一句话：“它们也在向你靠拢。”

卡洛特没有胡说，“双子星”号完全不能动弹。

马力七十五第一次近距离看到卡洛特。他的脸形尖瘦，眉毛浓黑，眼睛的轮廓很大，胡子很浓密，典型的络腮胡。他和马力七十五对视着，看上去并没有什么威胁，但马力七十五提醒自己，就是这个人制造了有史以来最大的盗窃案，他是最狡猾、最无耻也最危险的罪犯。

一道舱门把他们俩隔离起来。空间狭小，他们不得不脸对脸坐着，相距不过半米。

“我这辈子第一次成了囚犯。我想你也是。”卡洛特说。

马力七十五没有作声。

“虽然我们彼此厌恶，但此刻没必要相互对抗，我们有共同的敌人。你不会想这个时候把我捉拿归案吧？”

“你是贼，我是警察。但现在我们都是囚犯。”

“这样就好。至少你还明白点儿事理。”卡洛特伸了一个懒腰，结果头碰到了天花板，“真是见鬼，这地方不适合生存。”

突然眼前一亮，门打开了，两个人站在卡洛特和马力七十五面前。

他们身材矮小，几乎只有正常人的一半，头大身子小，看起来像是孩子。

“你跟我们来。”其中一个示意马力七十五。他们居然说地球语。

马力七十五在忐忑不安中弓着身子钻出门去。他站直身体，几乎能顶到天花板。门迅速关上。

“跟着我走。”一个矮人说完在前边领路，马力七十五顺从地跟着他。另一个矮人紧随其后。

他们顺着走廊走了十多米远，然后转入一条更宽敞的通道。一直走到底，是一扇舱门。一路上所见很单调，除了金属，就是发出微弱蓝色光线的线状体。马力七十五能听见自己的脚步声，却听不到两个矮人的任何动静。他们仿佛轻巧的猫，走起路来悄无声息。

矮人打开舱门。

有那么一刹那，马力七十五发出由衷的赞叹。浑圆的穹顶发出柔和而明亮的光，延伸出上千米远，几乎望不到尽头。无尽的天穹下，到处是碧绿的草地和各式各样的漂亮建筑，间或有成片的树林。许多矮人在草地上玩耍，追逐嬉闹，甚至还有人在放风筝。马力七十五仿佛回到了新都会城的中央公园。

“快下来。”一个矮人催促他。舱门打开在半空中，一架梯子沿着舱壁通向地面。马力七十五再看了一眼眼前的景象，跟着矮人下了楼梯。他们进入地下。

“地下”完全是另一番景象，很暗，只有几处灯光。其中一处聚集着许多人，似乎正在召开会议。

马力七十五来到这群人面前。他们有三十七个人，都坐在宽大的扶手椅上，大致排列成半圆形。马力七十五就是那个圆心。

这个阵势马力七十五很熟悉，秘密警察的法庭通常都这样布置，据说这种布置能让犯人从潜意识里放弃抵抗。他注意到正中央的那个人。毫无疑问，这个人就是最重要的人物，他不仅有一颗比其他人更大的头颅，还有一个更加庞大的身躯。马力七十五估计他的体型是其他人的两倍以上。

“原人八八九号，马力七十五，身份为秘密警察。为了缉拿逃犯卡洛特·修进入时空隧道。这是人类第一次有目的的空间跳跃，被看作是对罪犯空间逃逸的严正否定。马力七十五在跳跃当日被授予五星勋章，后来被收录标准百科全书，被追认为人民英雄，冥王星轨道六百五十七号纪念石。”左边的一个矮人起身，说了一段话。

“你说什么？纪念石？那是什么？”马力七十五问。

“原人，请不要打断陈述。如果你有疑问，我们可以在最后解答。”正中央的大人物这样回复马力七十五。

“他在历史上现身的最后时刻是新纪元前一千六百五十四年，距今三千六百七十七年。作为一个影响广泛的原人，他有大量的拥趸，许多独立太空船都以马力七十五命名……”陈述人滔滔不绝，马力七十五惊疑不定地听着，这些他所不知道的历史听起来很有趣，也很难想象。我是一个历史人物……马力七十五感到这简直像个童话。

突然，大人物说的一句话震惊了他：“看起来，我们找到了一个大人物，可惜他还活着。”

马力七十五警惕地盯着大人物："你想我死掉？为什么？"

"别紧张，原人。我来自我介绍一下。我们是搜寻者，搜集一切人类遗失在宇宙里的东西——飞船、飞行器、太空城，当然还有原人。不过，我们并不期望搜集活着的原人，通常情况下，我们所见的都是尸体。一旦验明身份，我们就可以获得属于他的财产，这就是我们最主要的收入来源。但如果原人还活着，那么他当然会获得自己的财产，而我们就得不到。你和与你在一起的那个人是我们第一次碰到的活着的原人。"

马力七十五更加紧张："那么你打算杀死我？"

"杀死你？为什么？"大人物感到有些奇怪。

马力七十五耸耸肩。

"你是说杀死你，然后占有你的财产？这是多么邪恶的想法！"大人物哈哈大笑起来，"据说原人都有自私、邪恶的心理，看来这是真的。你们彼此残杀吗？"他很好奇地看着马力七十五。

马力七十五不知道怎样回答这么幼稚的问题。这算是进化还是退化？好在他们并不打算杀死他，这无论如何都是个好消息。

"不。"最后他说，"我们只把罪犯缉捕归案。"

"罪犯。是的，你的记录里边有这样的说法，你是为了一个叫作卡洛特的罪犯才进入时空螺旋。这么说，那个和你在一起的原人就是卡洛特？"

马力七十五没有回应，这些人能认出他，却不认识卡洛特。看来时间真喜欢跟人开玩笑，曾经最风光的人变得默默无闻，而曾经默默无闻的却成了光荣的历史人物，名字被刻在石头上，绕着太阳旋转，直到永恒。

"如果你不愿意回答，也没关系。我们检查了基因数据库，没有这个人的资料，他对我们毫无价值。"

"你们会怎么处置他？"

"处置？照理说我们应该向你们道歉才对，但搜寻者从不道歉。你们的飞船会被恢复原状，你们会回到飞船上。之所以请你到这里来，是因为另有一个小小的问题。”

大人物看着马力七十五：“中央数据库显示在你的名下拥有大量财产，如果没有你的身份确认，这些财产将一直封存。如果要取出财产，需要去诺伊斯五号星通过身份鉴定。鉴于你的飞船根本不可能飞向诺伊斯五号，我们给你提供一个方案：我们会带你过去并帮你完成整个过程，但你必须把你财产的一半交给我们。这是一笔巨额财富。”

“巨额财富？有多少？”

“至少可以让我们的人十年间衣食无忧。”

“我怎么会有这笔钱？”

“这不是我们关心的事。可能很久之前，你留下了一笔钱，或者是某个机构给你的捐助，或者某个人自作主张，用你的钱进行投资……三千多年过去了，什么可能性都有。现实状况就是你拥有这笔钱，而我们能帮你取出来。”

马力七十五终于明白了这些人想做什么。尽管事情有些出人意料，但这不算什么坏事，而且看起来这些人都是君子，正派得让人不敢相信。

“让我考虑一下。”马力七十五说。

大人物点点头：“好的，你有三天的时间考虑。”

“和我在一起的那个人，你们还会把我们关在一起？”

“他的飞船将在十六个小时内清理完毕，他会回到飞船上。”

“能留下他和我在一起吗？”

“不，我们不能长时间限制人身自由，这违反《星际航行法》。如果他自愿留下，那是另一回事，但我们并不喜欢原人巨大的躯体，这让我们很为难。”

“如果我付钱呢？”

大人物第一次皱起眉头：“交易不能涉及人身，人身自由只能在必要情况下进行限制。对于你的想法，我们不欢迎。”

“好吧。对不起。”马力七十五说。

他被送回了囚室。

卡洛特狂笑不止。过了很长一段时间，他才能停下来。“这真是我见过的最荒诞的事。”他突然间变得一本正经，“不过，说真的，你打算怎么处置你的财产？”

“我还在考虑。”马力七十五回答。

“你有足够的时间考虑。这倒是很不错的买卖，你追踪我到了三千年以后，变成一个富翁，享受未来的豪华生活。”

“我是来追捕你的。”

“是的。不过很快就不是了。”卡洛特笑眯眯地看着马力七十五，“你知道我有多悲惨，不名一文，没有亲人，没有朋友，没有钱，就连这些捡垃圾的都不拿我当回事。我给自己判了无限期流放，注定在卑微和孤独中带着悔恨死去，这还不够吗？”

马力七十五看着他笑眯眯的脸：“别耍花招，我一定会逮捕你。”

卡洛特收起笑容：“说真的，你可以选择跟这些侏儒一起走。明天他们放了我，我就会继续向前，沿着时间之河顺流而下。前边什么都没有，你可以猜测到这一点，所以，现在是你选择回头的时候了。对了，你没法回头，既然跟到了这里，那就停下吧。”

马力七十五没有回答他，沉默了半晌，突然问：“你为什么这么做？”

卡洛特已经躺在床上假装入睡，听到这个问题，他睁开眼睛，直勾勾地盯着天花板：“这个问题我已经告诉你了，我想旅行到宇宙的尽头。”

“为什么？”

“这难道不是一次壮举吗？”卡洛特反问道。

“壮举？你就这么定义你的行为？”

“当然，你也可以定义为疯狂、逃跑、犯罪，但对我来说，这是壮举。”

“这么说你的罪行也是壮举？”

“是的。”卡洛特干脆利落地回答，他坐起身，“你听过一句话吗？他人即是地狱。我一定是你的地狱，不过我也是很多人的天堂。”

“天堂？”

“嗯，做到想要做到的事，达成心愿。没有我，你不可能飞到这里来，这种时空飞船根本不可能被开发出来。你回去可以在‘双子星’号的主机上输入这个问题：‘谁是上帝？’你会得到一个确切的答案：‘西莫夫，他赞助了所有研究活动，并且没有任何附加条件。’当然，作为一点儿回报，他们很愿意满足我的心愿：成为第一个试验者。”

“西莫夫”是卡洛特的化名之一，马力七十五知道这一点。他冷冷地讽刺道：“这么说你并不是策划逃跑，而是在帮助科学实验。”

卡洛特做出一个无可奈何的表情：“他人即是地狱，我希望你能理解这句话。到此为止吧，很遗憾把你卷进来。不过，这样的结局也不算最糟糕。”

卡洛特躺倒就睡，这一次他真的睡着了，鼾声均匀而细微。

马力七十五辗转反侧，他不知道是不是应该到此为止。富豪的生活他从未尝试过，也许他应该放松自己，去享受一下未来？

卡洛特被送上“奥德赛”号。马力七十五跟着他。

“好了，到此为止。”卡洛特站在舱门边，“很高兴你陪了我一程。接下来，我要独自逃亡了。”他眨眨眼，“好好享受生活吧。”

他挥挥手，走进去，马力七十五喊住他：“卡洛特，我会履行职责的。”

卡洛特停下脚步，转过身，露出一个微笑。突然他的眼神聚焦在马力七十五身后，那里有某样东西攫取了他的注意力。

马力七十五回过身，那是一块巨大的屏幕，屏幕上是星图。星空璀璨，耀眼夺目。

“嗨，小个子，你能告诉我哪个是太阳吗？”卡洛特冲着矮人问。

负责引导他们的矮人摇摇头：“我不认识星图。不过，这里是初始探索区，距离太阳应该不远。”

“真遗憾。不过看来我还没离家太远。”卡洛特看着马力七十五，“马上我就要远远地离开了。”

说完他走进了“奥德赛”号。舱门关上。

马力七十五扭头看着矮人：“送我上船吧，谢谢！”

另一扇舱门打开，这是“双子星”号。马力七十五走进飞船。

两艘控制船挟持着“奥德赛”号。它们飞出很远，直到母船成了小小的光点。随后它们放松控制，掉头飞向母船。“奥德赛”号主机开始运作，恢复控制系统。卡洛特坐在控制台前，沉静地看着屏幕。

很快，“奥德赛”号报告了消息：“双子星”号平行飞行，距离三千公里。

“好吧，朋友，欢迎继续。”当马力七十五的头像出现在屏幕上，卡洛特如此说道。

“我会找到办法把你绳之以法。”

“如果你坚持要这样。你的财产怎么样了？”

“我送给他们了。”

“送了？不错。怪不得那些矮个子在飞船里添了好些东西。你签署了一份声明？”

“我签了一份文件，然后留下了一根头发、两滴血，还有一段录像。”

“听着好像很原始。你打听到财产是怎么来的吗？”

“DNA 验证。只可能来自瑞士金行。不管这财产最后怎么变戏法，最早的时候，它是瑞士金行的一笔钱。我只在那儿存过一笔钱。”

“哦。看来发财的最好办法是存一笔钱，然后到三千年后去花。”

“也可能一无所有。”

“就像我现在这样？”

“你的户头里从来没有钱。”

“对了，既然你存了钱，总有些目的，回溯时间是不可能的。所以，这些钱不是给你自己的，那是给谁的？”

“这是一个私人问题。”

“拜托了，这里就我们两个人，不会有什么狗仔队，也没有报纸杂志，你完全可以告诉我。”

马力七十五没有回答。

“嗯，其实你不说我也猜得到，那是一个女人，对不对？”卡洛特突然大笑起来，“我明白了。你是害怕，你怕违反秘密警察的纪律，所以就跟着我来。”

“我来缉捕你归案。”

“别不好意思，警察也是人。我替你唾弃灭绝人性的秘密警察制度。你们其实完全不用搞记忆消除。消除了记忆，人活着又有什么意思？哦，你的真名不应该叫马力七十五，你叫什么？”

马力七十五感到心脏剧烈地一跳。马万里——那个女人是这样喊他的。据说这是他的真名。

“卡洛特，我需要休息一下。打算逃跑的时候告诉我。”马力七十五说完关闭了通信。

他闭上眼睛。这个任务本身就很荒谬，现在它变得更加荒谬。被追捕者要求追捕者提供信息，这算什么事儿？

不管怎么样，游戏要继续下去。只要他活着，就不能放弃承诺。

卡洛特居然把时间向前推进了三十万年。而更让人意外的是——“双子星”号居然比“奥德赛”号先到。

其实，这也是一件情理之中的事。三十万年，这比整个人类文明史还要长十倍。空间和时间的乘积是一个测不准值，对于“奥德赛”号和“双子星”号这样的小飞船来说，尤其如此。当跨越的时间长度只是三百年、三千年，误差不过几分钟、几个小时；可时间跨过三十万年，误差就会以让人惊讶的方式累积起来。结果“奥德赛”号先一个小时跳跃，当它抵达的时候，“双子星”号已经等待了整整六天。

六天的时间里，马力七十五什么都没有做，除了回忆。他想起自己的职业生涯，一个个臭名昭著的罪犯在他手中落网；他想起喊他马万里的女人，他不认识她，然而却有一种异样的熟悉感，以至于完全乱了方寸，落荒而逃，生怕和她多说一句话；事后，他偷偷地了解她，躲在暗处窥探她，然而，作为秘密警察，他不能做任何事，哪怕试图想起和这个女人有关的往事。他相信那些往事一定很美好，可他完全不记得了。他想起卡洛特，这是最大的一条鱼，与之相比，之前所有的案子全都是小打小闹。然而卡洛特也是最狡猾、最神通广大的鱼，就在收网的前夕，他居然用这种谁也预料不到的方式跑掉了……时间显得非常漫长，但当他回忆这些往事时，时间却又显得无比短暂。他远离人群，独自一人，唯有群星相伴。在这样的沉静中，记忆中的一切仿佛只是一张相片，可以一眼望到底——既熟悉，又陌生，既亲切，又隔阂。时间无情地带走一切，然而一切又有什么意义？

当卡洛特再次见到马力七十五时，他惊讶地叫起来：“哦，你是在绝食吗？”

屏幕上马力七十五形销骨立，瘦得不成人形。

“卡洛特，你还要逃跑吗？”

“那当然，你听说过有不跑的贼吗？何况还有你这样忠心耿耿的警察跟着。”

“我放弃了。你走吧。”

“放弃？你一定是在开玩笑。你是天底下最聪明、最坚定、最忠勇的警察，如果你放弃了，那这个世界一定完蛋了。”

“卡洛特，也许我应该谢谢你，如果不是你把我带到这里，可能我一辈子也没有机会安静地思考。这里真安静，一个人也没有，仿佛自己就是宇宙中唯一的存在。”

“别说得好像临终遗言一样。我们还没完呢。”

马力七十五微微一笑，他关闭了通信。

卡洛特急急地呼叫“双子星”号，对方却毫无反应。

卡洛特准备先休息一下，“奥德赛”号正在进行安全检测——这是卡洛特对上一次意外的补救措施，他不允许这种情况再次发生。“奥德赛”号给出一个警告，卡洛特看了一眼，马上再次联系马力七十五。马力七十五却拒绝联系。

一个飞行物正在靠近“双子星”号，并且不断修正轨道。卡洛特相信那肯定是一个智能体，如果马力七十五不能得到警告，那么一切就晚了。

没有时间了！卡洛特命令“奥德赛”号向“双子星”号靠拢。

马力七十五在坐以待毙。警告不断重复，“双子星”号要求马力七十五下达指令；来自“奥德赛”号的通信请求也在不断重复。一切都显得紧张而急迫，马力七十五却像风暴眼一般平静。

他不慌不忙地看着屏幕上节节逼近的小点。这个飞行器的速度很快，达到了每秒三千公里。“双子星”号的速度最高只能达到每秒三百公里——就这还需要长达一个月的加速。再有三十分钟，这位不速之客就会和“双子星”号迎头碰上。跑是跑不掉的。

“奥德赛”号正在努力靠拢过来。卡洛特不断地请求通信。

马力七十五终于接受了请求。

“感谢上帝，你终于活过来了。”卡洛特见到马力七十五，马上在胸前大画十字，大声赞美上帝，尽管他根本不是信徒。

“卡洛特，什么事？”

“有访客，看样子似乎并不友好。”

“是的，我看见了。”

“难道你不打算逃跑？”

“没有必要逃，再说也逃不掉，它的速度是‘双子星’号的十倍。”

“我们可以向前跳，时间就是最好的屏障。它可不会发疯跟着我们来。”

马力七十五短暂地沉默，然后说：“卡洛特，你走吧。不用担心我。”

“废话！我不会放弃你跑掉的。马上做好准备，我们一起弹跳。”

“你和我又有什么关系？我只是来追捕你的警察。很遗憾我冒失地闯进你的计划，现在是离开的时候了。而你可以继续下去。”

“别犯傻了。这里是什么地方？三十万年后的世界。那些侏儒已经和我们大不一样。三十万年。不管那玩意儿是人还是机器人，都绝对和我们不一样了。你不可能有上次的好运气。它们可能杀死你；可能把你当作标本；也可能让你活着，就像动物园的猩猩一样；还可能拿你做活体解剖。别把命运寄托在它们的好心上！”

“这没什么大不了的。我也很乐意看看三十万年后的智慧生命是什么样。”

“我们必须跑。”卡洛特很严肃地盯着马力七十五，和之前的样子判若两人。虽然隔着屏幕，但马力还是感觉到一种强硬的决心。也许这才是卡洛特的真面目。

“再见，卡洛特。”马力七十五结束了谈话。

“奥德赛”号继续向着“双子星”号靠拢。

不明飞行物进入减速阶段，试图和“双子星”号同步。它显然也注意到了正在赶来的“奥德赛”号，“奥德赛”号接收到一种有节律的信号，然而没人明白那是什么意思。

突然间，强烈的光照亮了“奥德赛”号，不明飞行物开始了攻击。红色警报在一瞬间占据了整个空间，卡洛特被自动机器牢牢地捆绑在椅子上。“奥德赛”号进入紧急模式。

“外层侵蚀，装甲削弱百分之十七。飞船密封性，良好，微量泄漏，快速修补完毕。引擎工作，正常。所有功能模组，百分之七十一检测完毕，运行正常……”

“奥德赛”号报告着关于这次攻击的情况。“奥德赛”号不是为战斗而设计的飞船，敌人的攻击也并不猛烈。然而，谁也不知道接下来会发生什么。

不明飞行物很快逼近“双子星”号，在距离“双子星”号不到六百米处停下来，保持相对静止。“奥德赛”号也进入同步阶段，距离“双子星”号两公里。

马力七十五没有发出任何信号。

不明飞行物出现一些异样，两个物体脱离了飞船，向着“双子星”号飞过去。速度不快，不像是武器。卡洛特看清了屏幕上的影像，那是一个类似八脚章鱼的东西，看上去很柔软，前边对称地分布着两只眼睛。突然间，它的身体猛地抽搐，一股气流喷出，推动它转变方向。当身体再次舒展时，它已经稳稳地吸附在“双子星”号的船壁上，八条触手均匀地展开，就像一只八角海星。这真是一次漂亮的着陆。

“卡洛特。”马力七十五的影像跳了出来。

卡洛特看着他：“准备好逃跑了吗？”

“它们来了两个。它们正试图打破船体钻进来，‘双子星’号损毁严重。可能还有十五分钟，它们就能突破船壁。你是对的，它们不是人，也并不友好。”

“一旦密封被打破，就没有任何生还的希望。”

“是的。所以我要向你告别了。”

“永远不要放弃。现在，向前弹跳。”卡洛特认真地说。马力七十五感觉到一阵强烈的威压，让他不由自主想按照卡洛特说的去做，但他还是控制住了自己，“我不做徒劳的抵抗。你赶紧逃跑吧，祝你好运！”

“现在，启动弹跳。”卡洛特说完，关闭了通信。“双子星”号收到轨道参数，询问马力七十五。马力七十五注意到“奥德赛”号改变了轨道，正向着不明飞行物冲过去。

马力七十五的头脑中尽是卡洛特下达的命令。最后，他命令“双子星”号执行弹跳。

在弹跳之前，他看到“奥德赛”号被强光笼罩。一束激光从“奥德赛”号的尖顶上发射出来。突然之间，不明飞行物散开，分裂成大大小小许多碎片。一切变成黑暗。

仪表盘上的数字永久性地静止在“0000000”上。四周围很黑，连星星也难觅踪影。

“我们到了什么地方？这是什么时间？”马力七十五发问。

“位置不明。按照弹跳坐标，理论上应该向前跳跃了六百万年。”“双子星”号回答。

六百万年！这一定是疯了。

没有“奥德赛”号的踪迹。马力七十五决定等着卡洛特。上一次他迟到了六天，这一次他什么时候会来？

卡洛特没有来。

九天的时间，马力七十五吃掉了所有的储备物品。

当饿得头昏眼花时，他开始食用那些小矮人放在船里的东西。牙膏状的食品味道独特，很难吃，然而却很管饱。

他吃了三个月的“牙膏”，习惯了那种难闻的味道，甚至后来觉得吃那东西还很享受。

卡洛特还没有来。

“牙膏”还能再吃几个月。卡洛特不会来了。

“双子星”号远远地跳出了银河系，落在荒凉的星际真空地带。在这里，肉眼看不到几颗星星，永远也不会有智慧生命来拜访，不管是敌人还是朋友。只有迷途的船，被永远地困在这里。

卡洛特又在哪里？

也许误差太大，他们已经永远地失之交臂。这是好事。一个荒谬绝顶的任务，有了一个不落俗套的结局。

马力七十五望着窗外。他已经无数次这样眺望，每一次都只看见无尽的黑暗。这是没有任何希望的地方。哪怕时间过去了六百万年，仍然丝毫不见人类的踪迹。新都会，冥王星，太空船，那些曾经存在过的东西，也许此刻仍旧存在，然而它们都在哪里？宇宙就像这无穷无尽的黑暗，而那些曾经存在的东西，就连最黯淡的星光都比不上。

马力七十五想了好几种方法来结束自己的生命。最终，他什么都没有做。

他想起了卡洛特。旅行到世界末日，这是不是一种伟大的壮举？

“双子星”号没别的能耐，但时间旅行就是它被设计出来的目的。

把生命继续浪费在这里毫无意义，马力七十五决定上路。卡洛特可能死了，也可能活着。只要他活着，他就会不断向前。也许，唯一能够再次遇到他的地方就在世界末日。

在所有的“牙膏”被吃完之前，马力七十五希望时间之路已经走到尽头。

马力七十五驱动“双子星”号向前跳跃。

他就像一个在无尽沙漠中赶路的人，看不见的边际永远在前方。

弹跳，弹跳，弹跳……时间和空间失去了意义，对于马力七十五，它们是无法逾越的墙。黑暗空间，永无休止，把一切希望碾压得粉碎。唯一支撑马力七十五的动力是信念。向前，向前，向前……

黑暗中的星星从不闪烁，却也黯淡无光。伴随“双子星”号一次次地弹跳，它们一次次变换位置，排列成不同的星图，有新的星星诞生，也有的会变得更亮一些，然而，最终它们都消失在了黑暗之中。

终于，马力七十五发现无法找到哪怕一颗星星。

“现在是什么时间？”马力七十五问。

“一百七十五亿年。”“双子星”号回答。

一百七十五亿年？这是一个接近永恒的时间。马力七十五没有想到他居然跑出了这么远。在他模糊的记忆里，太阳能够燃烧一百亿年，此刻，太阳早已黯淡无光。银河系呢？银河系是不是也同样黯淡下去了？

“地球还在吗？”

没有人回答他。“双子星”号不能理解这样的问题。

宇宙正在冷却下来，马力七十五想。可能在很小很小的时候，他曾经上过这样的课，但却不记得任何更多的内容。他只知道，宇宙是会冷却的。当所有的星星耗尽了能量，它们会冷却下来，星星失去活力，宇宙则失去光亮。这样的图景在书上重复描述了上百遍，听起来很让人绝望，然而人们并没有多少忧虑——数以亿计的时光对于一百年的生命毫无意义。马力七十五却发现“双子星”号正用一种奇特的方式在他有限的生命里展现宇宙不可挽回的颓势。哪怕上亿年的时光，也只是昙花一现。

马力七十五停留了一整天，然后继续上路。

枯燥的旅途失去了最后一点儿乐趣。马力七十五把一切都交给了“双子星”号，他所能做的就是睡觉、吃饭，偶尔看一眼窗外无边的黑暗。

“双子星”号的弹跳效率在下降，每一次弹跳之前的震颤在加剧。从刚开始的毫无感觉，渐渐地，变为细微颤动，继而变成蜂鸣，再到急剧震颤……飞船用无声的语言告诉马力七十五，它正在老去。

马力七十五并不焦虑。这样的情形随时可能让他送命，然而他没有任何补救办法。

“双子星”号仍旧按照设定的程序不断往前。马力七十五坦然地等待着随时可能到来的崩溃。

“记录时间。”他给“双子星”号下达了新的指令。

两个简单的数字被显示在屏幕上。

二百四十八。这是飞船走过的年份，以亿年为单位。飞船跳跃十多次，数字会增长一。

一万四千五百八十八。这是飞船进行跳跃的次数。

这样，即便飞船最后崩溃，他也可以知道到底走出了多远。

马力七十五陷入沉睡的时间越来越长。很多时候，他醒来，甚至不吃任何东西，只是看一眼数字，就又继续兜头沉睡。他想自己一定是患了某种疾病，然而这未尝不是好事。他的食欲也大大减少，这降低了被饿死的风险。

睡眠中偶然会有梦。马力七十五梦到一颗巨大的光球，他站在光球下，身后是一个黑色影子。影子拖得很长。他向着光球走去，走去……

尖厉的声音打断了梦境，“双子星”号发出警告。

当马力七十五看清楚屏幕上的显示时，昏沉沉的头脑马上清醒过来。

一艘飞船。这居然是一艘飞船！

这是一艘巨型飞船，它挡住“双子星”号的飞行轨道，迫使“双子星”号停下。它比马力七十五想象的还要大，“双子星”号靠上去之后，马力七十五才明白自己来到了一个什么样的所在——飞船就像一颗星球，而“双子星”号仿佛一粒微尘。飞船降落，下边是粗糙的黑色表面，仿佛广袤无边的大地，微弱的光线从巨型飞船的某些位置散发出来，让整个飞船现出淡淡的金属光泽。

马力七十五突然有一种踏实可靠的感觉，仿佛回到了地球的土地上。一道裂口缓缓打开，无形的力量牵引着“双子星”号降落到一片灿烂的光里边。“双子星”号被送进飞船内部。

一台机器爬上了“双子星”号。它转过整个船舱，用一种蓝色光线到处照射，最后停留在“双子星”号主机边，改用红色光线照射。很快，它到了马力七十五面前，用一种很奇特的声音说话，那声音仿佛就在马力七十五的头脑里。

“你的旅行目的是什么？”它问。

“我在追捕一名逃犯。”马力七十五回答。

“逃犯？你是说一个同伴？”

“就算是吧。”

“基地认为你的飞船不适合继续进行时空跳跃。你是否愿意生活在基地？”

“基地？这里？”

“是的。”

一个全息投影出现在马力七十五面前，他仿佛正从半空中鸟瞰一座城市，这里绿树成荫，繁花似锦。马力七十五看见一个人，还有一条狗，正在嬉戏。

“你来自一千多亿年前的某个文明，这是你们的生活区，你可以选择在这里生活。”它说。

“有人在这里？”马力七十五感到一阵欣喜，然而他马上冷静下来。他看清了那个人。那个人头部膨胀，仿佛一朵巨大的蘑菇，脸色血红，没有鼻梁，相应的位置只有两个孔洞，嘴唇收缩成一个小孔，耳朵萎缩，只剩下一个小小的突起。他的眼睛向外鼓起，不停转动，仿佛机警的变色龙。

“你说我和他是同类？”马力七十五问。

“是的。”

马力七十五沉默了一小会儿：“这里到底是什么地方？”

“这里是终结之地。所有的时空螺旋汇聚之处。”

“这就是世界末日？”

“宇宙还有很长的寿命。终结的意思是，所有的时空轨迹都会被扭转到基地控制范围内。”

“你们能控制整个宇宙？”

“不是这样。此刻的宇宙和一千多亿年之前的完全不同。它要小得多。”

“小得多？”马力七十五有些疑惑，突然间他意识到另一个问题，“你是说一千多亿年？”他看着飞船上显示的数字，那儿明明白白地显示二百四十八，“我的飞船告诉我，我只走过二百四十八亿年。”

“你们的飞船质子丰度显示它距离此刻的时间是十亿六千六百万分之一质子半衰期。用你们的时间计算是一千亿年，误差不超过三十亿年。”

“那么是我的机器出错了？”

“对进行时空跳跃的飞船来说，时间紊乱是必然的。你的跳跃飞船的计时器过于原始。”

一千亿年！这个天文数字并没有激起马力七十五太多的想象。当时间超越了某个限度，它就成了一个抽象数字，没有含义。

“你们又是谁？在干什么？”马力七十五问。

“基地代表文明。在你们的世界里，宇宙里有许多文明，彼此隔绝。此刻，只有一个基地，所有的文明都在这里，智慧生命的最后家园。两千万年前，宇宙尺度缩小到合适范围，仲裁者决定启动时空拦截，所有经过基地的时空轨迹都会被拦截下来，强制回到正常时空。”

“拦截时空轨迹？”马力七十五有些似懂非懂，“为什么？”

“旅行者只是需要一个家园，他们再也不能回到从前的文明，但基地收容他们，给他们一个家园，大体和原来的文明类似。”

“有很多旅行者？”

“平均每年有一个。基地累计拦截了两千万个，大部分已经死亡，此刻有三十二万五千个仍旧活着。史前文明的旅行者寿命都很短，高级智慧生命从不进行时间旅行。”

“为什么？”

“这毫无意义。”

马力七十五又沉默了一小会儿。机器的说法是对的，这样的旅行毫无意义，只有被创造伟大奇迹的非理性念头支配了的头脑，才会做出这样的决定。那个梦想着创造伟大壮举的疯子又在哪里？

“有和我一样的飞船吗？和我使用同样的语言，飞船叫作‘奥德赛’号。”

“有。”

马力七十五一阵欣喜，有些迫不及待：“在哪里？带我去见他！”

“不行。‘奥德赛’号在两百七十四万年前抵达。”

马力七十五仿佛掉进了冰窟里。两百七十四万年！一个人连这数目零头的零头都活不到。他感到手脚一阵发凉，身子发软。

机器闪过一道红光，继续说：“‘奥德赛’号没有停留。它继续向前弹跳。”

“你说什么？！”马力七十五挺直身体。

“他说……”机器突然之间变了声音，“‘嗨，伙计。咱们还没完。来吧！’”千真万确，那是卡洛特的声音。

“这句留言留给问起‘奥德赛’号的人。留下声音的人……”

机器继续说着，然而马力七十五什么都没有听进去。是的，卡洛特来过，到了这里，而且继续向前。他没有停下，也不打算停下，直到时间的尽头。马力七十五的头脑一片空白，满是狂乱的欢喜。当他从迷失的状态恢复过来时，发现自己居然在掉眼泪。

他不需要其他选择。

向前，向前，向前。

马力七十五继续一个人的漫漫征途。

“终结之地”的机器帮助他修复了“双子星”号，甚至彻底改装了它。它们用一种药丸似的营养剂给马力七十五补充食物，据说可以让他吃一百年。

一千六百四十五。

机器屏幕上显示着这个数字。这应该是一个准确的数字，“终结之地”的机器给“双子星”号安装了另一种计时器。

马力七十五望向窗外，窗外一片白茫茫。

宇宙正在逐渐亮起来。最初的时候，那是隐约的黑光，后来，是黯淡的红光。每一次跳跃，宇宙都会变得更亮一点儿。此刻，外边白茫茫一片，就像清晨多云的天空。宇宙正快速地收缩，散落的辐射重新汇聚，温度在升高。这是跨向终点的预兆。马力七十五非常感谢终结之地的那些机器，它们预料到了这一点，让“双子星”号的外壳能够抵抗强烈的辐射。它们也警告马力七十五，谁也无法预测最后的情况会变得怎样，可能还没有抵达时间终点，飞船就已经在辐射中分崩离析。

“‘双子星’号这样大小的飞船，只能前进到最后时刻之前十五个小时，你可以在那个时间找到‘奥德赛’号，如果它也抵达了时间终点的话。然后，你们能继续存在三个小时。再往后，物质和能量的界限被打破，有序结构消失，生命不复存在。”

机器是这么告诉他的。

每一个跳跃暂停时刻，他都可以进行选择。他的生命不过百年，只要愿意，可以随时停下来，任由“双子星”号飘荡，然后慢慢变老，安然死去。宇宙虽然也在死亡，然而对于每一次暂停，宇宙仍旧仿佛永恒。

马力七十五望着白茫茫的世界。没有人，没有飞船，没有发亮的恒星，也没有多彩的星云，只有无数的黑洞隐藏在光亮背后。“终结之地”呢？虽然机器并没有说明那个庞大基地的最终计划，但马力七十五猜想那基地可能已经湮灭。那些比人类高级得多、聪明得多的存在，当它们不再能够拦截到任何时空轨迹，给那些迷失的旅行者提供出路，也就失去了存在的意义。

如果留下，就应该留在“终结之地”。既然前进了，就走到底，做完自己的事。

每一次马力七十五都这么鼓励自己。这一次，这个理由仍旧合适。

他继续向前跳跃。

窗外的光变得更亮，金灿灿得晃眼。“双子星”号发出警报，跳跃程序中断。他撞在了时空尽头的墙上。

没有“奥德赛”号。

但下一秒，“奥德赛”号神奇地出现在“双子星”号前方。

马力七十五发出通讯请求。他等待着。

“这是‘奥德赛’号……”他听到了来自“奥德赛”号的反馈。

卡洛特已经死了！马力七十五几乎不敢相信自己的耳朵。

卡洛特不但已经死了，而且死了很久。离开“终结之地”之后，他只向前跳跃了三百亿年。后边的旅途由“奥德赛”号根据卡洛特最后的指令独立完成。

马力七十五感到心力交瘁。他没有想到竟然是这样的结果。

可能只剩下最后三个小时了，他决定去“奥德赛”号上看看。

对接完成，他飘进“奥德赛”号的船舱。船舱里很冷，隔着宇航服，他仍能感觉到凉意。船舱几乎和“双子星”号一模一样，卡洛特安静地坐在座椅上。他很安详，仿佛仍旧活着，只是睡了过去。在“终结之地”，他已经得了严重的放射病，然而坚持继续向前。他知道自己或许不能实现愿望，于是开始录制影像。

马力七十五飘过去，在副手的椅子上坐下，用安全扣把自己固定起来：“好了，开始吧。”

卡洛特的头像出现在屏幕上，他挤眉弄眼。

“戴维，你把所有的钱都输给了我，可能觉得很不爽，但这很值得。这些钱都用到了孩子的教育上，至少有三千个孩子因为你而受益，他们会感谢你的。另外，你也太胖了，穷一点儿有助于你减肥……”

马力七十五记得这个案子，这是卡洛特所有罪行中很小的一桩，但可能是他的第一个案子。

“马格丽太太，你是一个好人，也许你不知道是我帮你打赢官司，让你免去坐牢的烦恼，但你一定知道，除了那栋房子，你什么都没剩下，全部进了律师的腰包。那个律师就是我。我真是太可耻了，居然要挣一个老女人最后维持生计的钱，但那个时候我真是太穷了。后来我去找过你，可是你已经死了。你在天国抱怨我也是有道理的，可惜我肯定要下地狱，虽然很想说对不起，恐怕也没有机会……”

卡洛特似乎在回顾一生，他不仅谈论马力七十五所知道的案子，还谈及大量马力七十五根本不知道的东西。马力七十五似乎在听一个人自述生平，评论他自己的经历。

屏幕上的卡洛特眉飞色舞，绝不像一个重病在身的人。

宇宙烈火熊熊。马力七十五安然坐着，耐心地看着录像。

三个小时很快过去。留言也到了最后。

最后的留言是给他的：“可爱的警察，也许你是唯一一个能听到我遗言的人。如果你听到了，很高兴你能追上来。很抱歉，把你拉下水。我以为我是最疯狂的人，没想到你比我更加疯狂。老实说，我们可能是同一类人，很高兴有你做伴。”声音停止了，马力七十五伸手去触摸屏幕，突然声音又冒了出来，“对了，最后补充一句，如果你想逮捕我，那就动手吧。我不会再跑了。”声音沉寂下去，再也没有响起来。屏幕上卡洛特的影像凝固，嘴角带着一丝微笑。

马力七十五伸手从裤兜里掏出一副小巧的手铐，俯过身，他用一端铐住卡洛特的手，另一端铐在自己手上。

突然，他看见卡洛特的左手握着一只镯子。那是女人的用品，花纹很特别。卡洛特想起在出发前的招待会上，那个女记者头上的钗子，这镯子和那钗子是配对的。

他没有听到留言中有任何关于这镯子的事。卡洛特说了三个小时，他说了很多故事，还有更多的故事没有说。但在这时间的终点处，一切故事都将泯灭。

马力七十五坐直身子。他看着外边，金灿灿的宇宙无比辉煌。也许在下一个瞬间，一切都会湮没。他没有明天，然而此刻，他感到无比平静，仿佛通达整个宇宙。屏幕上，卡洛特正向着他微笑。

他也露出一个微笑。

火星户口

安龙

说起我的学生生涯，就不得不说起高中时那堆破事儿；说起我的高中生活，就不得不说起王世博——我高中时的那个铁哥们儿。

这辈子大概没什么人能让我打心眼里佩服的了，除了王世博。王世博是在我读高三那年转校到石河子一百中的，和我住一个宿舍。

王世博到石河子一百中是来复读的，可打死我也想不到像他这种高考得满分的人也会来复读！如果全国第一名还上不了想上的大学，那谁还能考上大学？但偏偏事实就是如此。

也许这一切都是因为火星职业技术学校。没有火星上的那所烂学校，后来的一切都不会是这样。

高二那年的暑假，我老爹从表哥那里弄来了一本招生简章，说什么要激励我的上进心，硬逼着我看了一下午。看完之后我上进心没见长，倒把时间都花在纳闷为什么这个宣传语是“学汽修免费学驾驶，学美容免费学美发”的中等专科学校竟能出现在高等院校的招生简章里，而且分数还超了清华、北大、耶鲁、哈佛、石河子大学老大一截！

当时我以为这个什么“火星职业技术学校”招生办主任脑子出了什么毛病，于是拿着招生简章去问老爹。老爹刚从一个饭局上下来，红着眼睛满身酒气地看着我亲切地说：“你个臭小子，哪天要是拿到火星户口了，老子给你当儿子都成……”然后他抱着我的肩膀狂吐一通，刚好吐在那本招生简章上，脏兮兮一片，不过唯独火星职业技术学校那页他没敢往上吐。

后来我才得知，这所学校是火星上唯一一所在地球招生的学校，而且毕业包分配，户口不用打回生源地。我这才恍然大悟，原来火星职业技术学校的录取通知书就等于是火星户口本啊！

不过，当听说王世博来石河子复读的原因就是想上这所什么火星职业技术学校时，我还是大吃了一惊——这破学校竟然连高考满分的人都不要，它到底还想不想招到学生了？

听了我的疑问，王世博用看白矮星人一般的眼神看着我说："你小子难不成不知道高考招生是按地区招的还是咋的？"

其实我在这方面一直很白痴。我老爹对我要求不高，能考上大学就成，虽然这两年"大学"这个词越来越不好定义。我以为高考就是你去参加考试，够人家定的分数人家就要你了，于是你就成了个大学生；不够分数更简单，拍拍屁股哪边凉快待哪边去。

很显然，高考没有我想象的那么简单，比如这个按区域招生，学问可就大了去，具体我也说不清，反正说什么是为了公平考虑……这么说吧，火星职业技术学校一年总共有三千个招生名额，其中两千九百个是在火星，地球上只有一百个名额。而就这一百个名额，到地球上还给扒拉扒拉分了个一二三四。很不幸，王世博老家是上海那个鸟不拉屎的地方，沿海贫困地区。上海人口实在太少，面积实在太小，跟其他省份相比完全处于劣势，因此上海地区连一个火星职业技术学校的录取名额都没分到。

不过我听说，在环境危机大爆发和火星大开发之前，上海可是个很牛气的地方，比起现在的石河子和南极开发区都毫不逊色。历史课本上有 20 世纪上海的照片，那片高耸入云的高大建筑群让那帮只知道在课堂上睡觉发短信的纨绔子弟也肃然起敬。2010 年上海还举办过一场叫作世界博览会的活动，据说当时的场面令全世界为之瞩目，王世博的名字就是从这里来的。不过，现在的上海市区大半都被淹在了海中，往昔的繁华早成了过眼云烟。现在的上海，让海水浸得连苞米棒子也不长一根……

虽然高考能得满分，但王世博却不是那种在石河子一百中能常见到的宅男书呆子，恰恰相反，王世博整天在课堂上要么睡觉，要么就和我一起在桌上小山包似的书堆下侃大山。我觉得“高四”对两种人来说是幸福的——我这种啥也不会所以啥也不学的人，和王世博这种啥都会所以啥都不用学了的人。所以，我们每节自习课都幸福地侃着。

慢慢地我对王世博的身世有了点儿了解。王世博祖上八代都是土地里刨食的贫苦农民，直到他的祖爷爷去外地干了一辈子苦力，家里才开始有了些积蓄。回乡后，正好有个纨绔子弟把家败了，他祖爷爷就拿所有积蓄买下了人家的一所大宅子。没过两年，解放了，土改中他祖爷爷、爷爷都被打成了地主……所以，王世博的老爹没有上过一天学。上海还繁华的那些年，王世博家过得还可以，或者说相当不错。直到全球变暖，两极冰川融化，地球气候越来越恶劣，再加上后来的火星大开发，地球上的沿海城市都相继没落了。

如果不是那些无聊的晚自习，我还真不知道上海有过这样一段辉煌的历史。在我的印象中，沿海地区一向都是贫穷与落后的形象代表。

王世博还说，其实石河子的辉煌崛起也不过是近几十年的事。当年两极冰川融化，海平面上升以后，地球上的金融体系全面崩溃，大片土地沉入海中，而人口却仍保持着较高的增长率。面临绝境的人类动起了开发火星的念头。其实从理论上讲，当时开发火星的技术还不是很成熟，环境大危机来临后科学技术几乎止步不前，毕竟大多数人的温饱问题都没有解决……但人类却凭借顽强的进取精神，硬是用 20 世纪的技术神话般地把宇航员送上了火星，并且最终实现了大规模移民。

很久以前美国航天局就能把宇航员送上月球，其实这和把移民送上火星没什么太大差别，只不过需要更大推力的火箭罢了。那些火箭人类已经有了，就在这里，塔克拉玛干星际物流中心。

记得小时候参加我老爹单位组织的塔克拉玛干旅游，我老爹带着我第一次去看了大火箭。

在石河子，经常能感到脚下的大地震动，老妈告诉我，那是塔克拉玛干又一班火箭发射飞往火星了。当年到了塔克拉玛干星际物流中心，刚下车，新一班火箭发射的震动就把我掀了个仰面朝天。客运汽车有很强的减震装置，所以在车上一直没感觉出来。在塔克拉玛干，走路要时刻留意时间，每五分钟不管你在干什么，都要停下来蹲到地上，除非你想像我一样与大地母亲来个亲密接触。

我清楚地记得那一天，天气晴得像学校食堂免费供应的汤一样——不过据说这种天气在 20 世纪比打雷的天气还常见——然后我看到了真实的火星火箭，虽然只是一部分。王世博说世界上没有人能看到火箭的全貌，因为它的高度已经远远超过了人类的视觉极限。当时我以为我看到了一堵墙——竖直方向无限延伸，水平方向略有弧度的金属墙。我在石河子每天都能感觉到的大地震动就是这东西发射时产生的。

当时我老爹仰望了这堵墙五分钟后，问导游火箭在哪里。旁边他单位的一个同事有些卖弄地说，这就是火箭。我老爹呆了一会儿，说："我又不是不知道，以后我儿子还要坐着它去火星呢……"那时的我已经颇懂事了，能看出周围的人都在努力地憋着笑意——那时候我老爹已经有些权势了。

塔克拉玛干星际物流中心矗立着无数具这样的火箭，每天都有许多火箭在这里发射。只有亚欧大陆板块的中心地带才能承受住如此强大的冲击力。据说塔克拉玛干过去曾经是无边的沙漠，不过现在这里是一片焦土，火箭发射时喷射出的巨大火焰把整片土地都烧成了黑色，如果不穿特制的隔热鞋，踏在地上脚底会烫出水疱来。

地处塔克拉玛干星际物流中心附近的石河子渐渐成了国际化的大都市，而上海却日渐没落。大量的公司和工厂都迁进了内陆，海水倒灌也使得土地不再适合耕种。后来，王世博家的日子穷得实在没法过了，他妈受不了这份苦，丢下还在吃奶的王世博跟一个外国人跑了。王世博全靠他爸一个人拉扯大。也许是当时年龄还太小的缘故，王世博对此似乎很淡然，一边目不转睛地看着我从学校对面书店租来的小说，一边跟我说着这些。

其实我蛮佩服王世博的老爹老王头的，一个从没上过学的庄稼汉，肯不顾一切供儿子上学。据王世博说，和他一块长大的几个朋友连义务教育都没读完，就跑到内地打工来了。现在北京、上海，还有香港，是国内最大的三个农民工来源地。

王世博的老爹老王头还有一点让我很佩服。当初王世博刚来石河子一百中的时候，是可以向学校申请贫困生助学补助的，老王头带儿子报名的时候也打算申请补助。后来走到学校大厅时看到大厅中央有一张很大的红榜，他老先生以为是考试排名光荣榜，一时心血来潮让儿子念一念，自信满满地认为下次考试后红榜上第一位那个大大的烫金名字将会是自己宝贝儿子的。结果王世博还没念完标题“上季度贫困生助学补助名单”几个字，老王头就拉着儿子气鼓鼓地往回走了。

没多久，省里来人搞了场教学考察，石河子一百中的这套申请贫困助学补助的方式随之更加人性化了——学校直接将助学补助加到每月在食堂消费金额最少的一百个学生的饭卡里。于是，那帮贫困生开始了一场轰轰烈烈的节食大运动——很多人都靠学校这点儿微薄的补助金活命，毕竟补助名额有限，如今要想拿到，那就必须比别人吃得更少。竞赛本来就够激烈的了，还有一帮女生节食减肥来捣乱。于是，王世博每天只能把伙食费减了又减，估计要不是每次我都节省些饭食给他，他早瘦成排骨了。

坊间有这么一个说法：穷人和富人在澡堂子里脱光了其实一模一样，都是人。不过在石河子一百中的澡堂子里，一看到那些瘦得像猴子似的伙计，就知道他们有起码百分之九十五的可能性是贫困生。

其实根据物质循环理论，山珍海味和萝卜青菜都可能是由别人或者别的动物的排泄物构成的，本质上没有区别。从王世博身上我更加深刻地体会到了这一点，素炒饼养出来的大脑不仅不比珍稀荤肉养出来的大脑差，反倒还强了不少。

不过有时候我觉得，王世博这么聪明也许是牛奶的功劳，王世博每天的伙食除了两顿炒饼就是一斤牛奶了。

关于这个每天一斤奶的问题倒是在学校引起过一场风波。有一次课间，有个纨绔子弟看到王世博吃完炒饼后大口喝牛奶，后来他向其他纨绔子弟说起了这件事，引得更多吃饱了撑的纨绔子弟前来打酱油围观。最后事情不知道怎么传到了校长那里，结果第二天升旗仪式上他老人家发话了，说最近听到一些同学反映有些接受国家贫困助学补助的贫困生拿着国家的钱大吃大喝，甚至还喝牛奶，这样很不好，他很痛心……校长腆着个孕妇一般的啤酒肚这样说着，熠熠生辉的脑壳晃得王世博不敢抬头正视。

王世博每天喝牛奶确实有点儿奢侈，不过校长那贫困生不能吃好不能穿暖不能消费娱乐这一逻辑到底是怎么想出来的，我一直很纳闷。其实王世博每天喝牛奶也有他的苦衷，打他没断奶老妈就跟外国人跑了之后，他老爸疼他一直给他喝牛奶，直到今天——当然你也可以理解为王世博直到现在还没断奶。

老王头供儿子喝了二十年牛奶也是我佩服他的又一个原因，上海那鬼地方温饱都还成问题，老王头竟下血本供儿子喝了二十年牛奶。现在在地球上，牛奶可是金贵的东西，毕竟用熊猫体细胞与大肠杆菌融合来生产熊猫肉要比从奶牛身上挤出牛奶来得廉价和快速，结果奸商们纷纷往牛奶里兑水。照说水对人体也没有什么坏处，可坏就坏在有关部门对牛奶质量的检测上显示，兑了水的牛奶氮元素含量，也就是蛋白质含量总也不达标，奸商只能往里兑其他非法添加剂了。

后来王世博不敢再在食堂或者其他公共场合喝牛奶了。每天早晨天不亮，王世博都要拖着我偷偷地跑到学校大门的门卫室找老王头拿牛奶。那时候老王头还在学校当保安，因为回上海的路费太贵，在石河子住的话顺便还能照应一下王世博。老王头每天看门，闲着没事就洗衣服洗床单，他在学校大门旁边的两棵银杏树上拴了根绳子，上面总是挂着各种各样花花绿绿的内衣、外衣、被罩、床单，王世博就躲在里面一口气把牛奶灌完。

久而久之，人们每天早晨总是能看到我和王世博鬼鬼祟祟地跑出宿舍不知道去哪儿，然后又做贼心虚地在晨读前喘着粗气满脸通红地赶回教室。人吃饱了之后想象力总是无穷的，一些莫名其妙的言论开始流传开来，人们看我俩的眼神越来越暧昧。

我一直不明白为什么会有人这么无聊，我早晨不过是因为王世博极度怕黑而跟他拿趟牛奶而已。但为了王世博能获得助学补助，我只能有口难辩。面对流言，不管你出来澄清，还是保持沉默，最后结果相差无几。

终于有一天，课间一群女生在教室后面指指点点，还不时捂着嘴发出暧昧的笑声，然后我华丽地爆发了。

“你们这么关心王世博，是不是看上人家了？”我拍案而起，冲着那帮女生大骂。

我本以为使出这手狠招会让她们闭嘴，没想到一个叫丁小莉的女生也突然拍案而起，冲我大喊：“我就是看上王世博了，怎么着？”

其实很早以前我就开始注意这个丁小莉了，虽然她长得不是特别漂亮，但玲珑的五官组合起来让人看了有一种冲动。我之所以会爆发，主要也是因为她。

教室立刻静了下来，丁小莉的小脸红得像苹果一样，她回到了座位，故作平静地看起书来。那一刻我的心好像在往下沉，我想我可能真的有点儿喜欢丁小莉了。

丁小莉开始公开追王世博了。可出乎我意料的是王世博对此无动于衷。

有一天丁小莉把我约出教室，我知道她是想让我帮她，而我竟然鬼使神差地答应了。我想我是真的喜欢上丁小莉了。

课堂上趁王世博清醒的时候，我问他觉得丁小莉怎么样。

没兴趣，他说，然后拿起最厚的那本教辅书准备垫着睡觉。

突然我想到，王世博一定是喜欢别人，所以才对丁小莉这么冷淡。

事实果然如此。一个晚霞像火焰般照亮天空的傍晚，王世博红着脸说，他喜欢隔壁班那个刚从火星转学过来的女生。

我着实吃了一惊，没想到王世博的眼光那么高。不过这样的话问题就好办得多了。当时我想，四角恋总比三角恋强，毕竟两男两女的问题总比两男一女的问题好解决。三角恋就像数学上的三体问题，求来求去总是无解。

于是我决定帮王世博追到那个火星女生，同时也是帮自己追丁小莉。不过在真的见到那个火星女生之后，我才知道问题是多么复杂。

火星上的人类后代都是遵循优生学原理在试管中培育出来的，再加上良好的后天环境，因此可以说在火星上出生的人类都是完美的个体。

那个火星女生身高足有一米八五，据说刚到火星人的平均身高，表情冷艳到不行，让人看了都能忘记呼吸。

每次课间跑到阳台上吹风成了我跟王世博的必修课。每当那个火星女生走出教室，王世博都会摆出一副很非主流、很忧郁的造型，等那女生走了以后他就猴急地问我，她注意到他了没有。

后来我给王世博出了个主意。每天放学那个女生都会抱着两本练习册回宿舍，我就装作不小心撞到她，尽量把她的书撞到地上，然后“恰好”路过的王世博就帮她把书捡起来还给她，而且“不经意”地翻开书，趁机窥视她的名字——当然，这都是我在言情小说里看到的情节。学校门口的那个书店经常有言情小说出租。按书中的情节，男主角一般都是在翻开书后通过一段“×××吗？真是个好名字呢！”这样的对白成功勾搭上了女主角，随之展开一部缠绵悱恻、荡气回肠的爱情史诗。因此我决定把这段话也当作王世博的开场白，不过我指示他不要说得那么轻浮。

接下来的一整天王世博都在猜想着那个火星女生的名字，猜测着究竟哪三个字才配得上她。后来他甚至还找了本砖头厚的字典开始翻查起来。

终于挨到了放学，我把眼睛发红的王世博从字典里拽出来，跑到隔壁班门口眼巴巴地守株待兔。

目标终于出现了。我毫不犹豫地冲了上去，结果用力大了些，差点儿把她撞个四脚朝天，甚至还听到她脱口而出的骂声。

之后我转身观察王世博的情况，还好一切都在计划之中，王世博很有风度地帮她捡起了练习册，然后不经意间翻动了其中一本的扉页。待到王世博再“不经意”地瞥到她的名字，说出那段经典对白，事情就算圆满了。我仿佛都看到和小莉一起幸福快乐的生活在向我招手。

可王世博瞥了一眼练习册内页后，他的脸色突然变得铁青，身体定在那儿一动不动。在我急得跺脚的当口，那女生从王世博手里夺过练习册，径直走了。

我走过去敲了一下王世博的脑门，他才清醒过来。

“她到底叫什么？”我问。

“廖琼花。”王世博回答。

廖琼花到了石河子一百中后，据我还有全校其他五千名男生观察，她换衣服的频率保持在半天一套，而且从来没有重样过。

因此，猜测她下一套衣服的颜色和款式，成了石河子一百中全体男生茶余饭后最大的乐趣。而那帮相貌不出众或者惊艳出众的女生，看着一群堆在阳台上等着看廖琼花经过的男生只有干瞪眼的份儿。

不过瞪眼归瞪眼，学校对面一家作坊式山寨服装店却目光敏锐地发现了其中的巨大商机。该店老板通过特殊渠道弄到了学校教室的监控录像，然后，贴着各种各样牌子商标、款式却与廖琼花前几天穿过的衣服类似的山寨衣服挂满了这家店，店的名字也赫然改成了“火星外贸”。

那些整天对廖琼花生活作风叽叽歪歪的女生在周末也跟着别人一起从写着“地球的消费，火星的享受”的招牌下走过，冲进“火星外贸”抢购衣服，然后得意扬扬地在走廊里走来走去，向男生们展示她们的最新款服饰。

而那家店也足够聪明，懂得在监控录像里看到的廖琼花穿过的火星服饰的基础上做些变动，让那些女生感觉不到其实自己穿的衣服款式正是廖琼花前几天穿过的。

终于有一天下午，廖琼花让人大跌眼镜地穿着上午穿过的衣服出现在学校。男生们纷纷感到失落，以至于全校老师一致认为那天课上学生回答问题非常不积极；而那帮女生则穿着廖琼花款式版的衣服，扬眉吐气地在廖琼花面前高谈阔论。

可在接下来学校每周两节课的自由活动时间里，我却在学校隔壁脏兮兮的网吧里破天荒地见到了廖琼花，她显得和周围环境格格不入。

她刚好坐在我旁边不远处，于是我得以看到她从脖子后面衣领商标的地方取出了一张 TF 卡，然后在一家火星网站上下载了一堆东西拷了进去。廖琼花把卡插回去后，在手机上按了几下，然后，我以为我眼花了——廖琼花的衣服上出现了一堆马赛克图案，然后霎时，粉红色裙装变成了黑色女仆装。

这才是货真价实的火星货，刚从真人版美少女战士变身魔法一般的视觉震撼中恢复过来的我想到。可惜王世博还待在宿舍睡大头觉，没有看见这一幕。

第二天，那些课间总在走廊里走来走去高谈阔论的女生消失了，见识过或者耳闻过真正火星服装的人都知道了她们身上穿的不过是山寨货而已。那家“火星外贸”的生意也迅速衰败下来。

这期间王世博追廖琼花的事也一直没有进展，我发现这件事的艰巨程度大大超越了我的想象。而丁小莉却不顾王世博的白眼，一直对他纠缠不休。

日子就这样一天一天过去了，每天早晨我都被王世博从被窝里拖出来陪他去学校大门值班室老王头那儿拿牛奶，在众人暧昧的目光中回教室；课间我们一起跑到拥挤不堪的阳台上等着看廖琼花；放学后丁小莉拿着数学教辅找王世博问问题，一直追问到男生宿舍门口。

一天放学，丁小莉像往常一样向王世博搭讪问问题，我看丁小莉一时也问不完，就跑到操场打球去了。王世博迟早会上火星的，我很确信丁小莉不会得逞，所以迟早我还是会得逞的。

丁小莉照例追出了教室，可王世博那天忘了带宿舍钥匙，只得跑去操场找我。篮球场就在学校大门旁边，王世博和丁小莉走过来的时候，老王头正在往绳子上挂王世博的内裤。

老王头没有看到王世博身后的丁小莉，大声地用上海话喊了声王世博的名字，问钱还够花不。

王世博应了一声，说够了。这时候老王头看到了后面的丁小莉，突然明白了什么，然后装作自己认错人了的样子，急匆匆回到了门卫室里。

之后没多久，老王头就辞了学校门卫的工作，到一家建筑工地当小工去了。

无聊的日子不断地重复着，那天我和吃足了素炒饼的王世博一走进教室，就感觉气氛有些不对头。男生们都阴沉着脸埋头苦读，女生们则议论纷纷。

很快我们就明白到底是怎么一回事了，原来是廖琼花把她的女儿带到了学校——一个玩偶般的小美女。王世博一下子被这晴天霹雳打呆了，站在那里半天说不出话。

后来我们得知，其实廖琼花的女儿只不过是廖琼花十二岁时她家里为了让她生活不至于太无聊，用她一半的体细胞基因和火星人类基因库里的优秀基因组合成了一个胚胎，然后在试管里培育出来的婴儿。廖琼花并没有结婚，也没有男朋友。

得知真相后，王世博还是没有摆脱沮丧的情绪，毕竟不管从法律、伦理还是生物学的角度来讲，那个小美女都确确实实是廖琼花的女儿，而且这个女儿的父亲确确实实不知道是何方神圣。

据说其实这种事情在火星是很正常的，就像养猫猫狗狗一样。

第二天凌晨我被王世博拖起来去拿牛奶。虽然老王头去了工地当小工，但王世博的牛奶还是没断，每天早晨跑到教学楼后面的围墙旁敲三下墙，一个油腻腻的篮子就会从墙那边递过来，里面用输液瓶装着一斤牛奶。

而那天王世博拿到牛奶却没有喝。等到中午，他拿我的饭卡在食堂又打了三斤牛奶，连同早上的一起统统倒进我俩的饭盆里，在旁人惊讶的目光中端起一盆来，用一种悲壮的语气说：“干！”

在我的印象中，有外人在的时候，老王头从来不和儿子打招呼，即使面对面走过也装作不认识的样子。学校组织的优秀学生学习经验交流大会邀请王世博家长参加时，老王头也让王世博以工作忙为理由推托掉了。我记得那天大会上，老王头站在门卫室门口的桌子上欣慰地看着校长给王世博戴上小红花，并拿一个老式松下磁带机录了下来。校长遗憾地说，可惜能培养出这样优秀的孩子的王世博家长没有到场，实在是可惜……

虽然我不明白为什么在学校里老王头总是躲着王世博，仿佛生怕给他丢人似的，但我却一直觉得老王头很伟大。这个念头在老王头死了之后越发强烈。

老王头出事那天，王世博一如既往地趴在书堆里看我租来的小说，一个满身油漆的民工突然闯进教室，用正宗京片子问讲台上教数学的老先生：“王世博是不是在您这个班？”

等我们赶到现场的时候，救护车已经走了，不过根据现场情况来看，确实没有叫救护车的必要。

“老板都三个月没发工资了……”那个操北京方言的民工告诉我们，昨天晚上老王头寻死觅活地找老板要工资，说那是儿子去火星上学的学费。老板说行，只要老王头送一个晚班的料，这三个月的工钱立马开给他。

如今地球不仅年年从火星进口大批先进产品，也进口火星垃圾。那些垃圾火星方面基本是不要钱白送，所以即使要支付星际运费，地球上买这些垃圾的人一番折腾后居然仍有利可图。几十年下来，火星垃圾在地球上堆积如山，分类处理之后，最后剩下的垃圾渣子被机器高压缩制成建筑材料，建成地球上密密麻麻的房屋。

老王头就是垃圾砖送料工。昨天晚上刮起了大风，工地不得不停工，老王头却在刺骨寒风中开动机器，站在三米高的送料口上开始送料。当大家发现老王头失踪后马上关闭了机器，但出砖口最后出来的那块猩红色的垃圾砖提醒着大家为时已晚。

然后有人带我们去看那块砖。长一米，宽高都是半米，颜色是暗淡的猩红色，而不是工地上堆放的垃圾砖那种灰色。我知道，那个偶然遇到自己儿子和别的女生在一块儿时会羞红脸好像自己做错了什么一样的上海小男人被永远地囚禁在了里面。

这时候王世博来了，手里拿着那个装着一斤牛奶的输液瓶——是在工棚里老王头的床上找到的。王世博默默打开瓶子，把牛奶缓缓倒在了垃圾砖上，暗红色的砖上染了一层白色，越发让人觉得触目惊心。

后来收拾老王头遗物的时候，王世博找到了一张银行存折，上面印着一串数字，对一个沿海贫困地区的家庭来说，那绝对是天文数字。

坐在高考考场上等待交卷的时候，我想，王世博会不会因为背负太多绝对不能考砸而考砸？尽管后来他一直在用功复习，模拟考试一如既往地得满分。

分数出来后，我知道我的担心是多余的，王世博得了全省唯一的一个满分。

录取结果出来后，我更惊讶地得知自己被石河子大学本科四批录取了，完全出乎我的预料。我想这都得归功于高考前最后一段时间和王世博一起的努力复习。本科四批的学费高得惊人，我知道我未来的同学将会是比石河子一百中的纨绔子弟更加纨绔的子弟，因此我更加想念起王世博来。不过，我知道他不久以后就要乘坐塔克拉玛干那些巨大的火箭飞往火星去，学汽修还能免费学驾驶，想到此我不禁打心眼里为他骄傲。

临近开学的时候，我给在上海的家里的王世博打了个电话。

“什么时候坐火箭？”我问他。

“我没被火星职业技术学校录取。”王世博说。

火星职业技术学校今年在全省只有一个录取名额，学校的提档线是740分，王世博考了满分750分。最后，考了749分的某位纨绔子弟被火星职业技术学校录取了。

今天，我站在了上海的土地上。

搞不懂丁小莉为啥非要来这个鸟不拉屎的地方度十一长假。

上午我们乘船游览了浦东区。游艇在高大的楼群中穿行，仿佛置身于热带雨林。海面上是一层半米厚的塑料袋，将大海裹得严严实实，看不到水面。高耸入云的楼群就是在这满是塑料袋的海水中长出来的。空气中弥漫着一种像是汽油和尸体混合起来的气味，即使戴着“猪鼻子”也觉得刺鼻。

导游是个矮胖的女人，满是赘肉的脸上堆满了谄媚的笑容，操着一口标准的普通话向游客介绍着上海的历史。

这时候游艇突然猛烈地摇晃了几下，人群开始骚动起来。

“金茂大厦塌了！”有人喊道。

我顺着众人的目光望去，从远处一座灰色的缠满树藤的大楼里冒出了滚滚烟尘，楼体开始慢慢降低，最后，完全沉到了其他建筑群后面。

丁小莉惊恐地抓着我的手臂，看着这令人吃惊的一幕。但是导游好像对此已经司空见惯了。

这时候游艇摇晃得更剧烈了，不得已，船往回开去。

到了岸上，丁小莉猛地拉了下我的手，指着前面的小巷让我看。小巷口有一个大头大肚子的小男孩，正在看远处荒废的楼群，面无表情。但我注意到他的眼神，对，就是王世博那种深邃的眼神……

那个胖导游却突然跑到了男孩面前，满口上海话骂起来：“小册老窝里相伐登，整天牙了外头。（小混蛋不在家里待着，整天野在外边……）”然后，她拖着男孩往小巷深处走去。

我拉着小莉也跟了上去。果然，在小巷深处的一家杂货店里，我看到了一个穿着白色背心的熟悉身影，虽然苍老憔悴了许多，但我还能认出他来——我的哥们，王世博。

“喝，喝，就晓得喝牛拿，阿伐晓得现在牛拿度扫钞票夜碗，尼子跑特阿伐晓得……（喝，喝，就知道喝牛奶，都不晓得现在牛奶多少钱一碗了，儿子跑出去也不晓得管一管……）”那个女导游骂道。

这时候王世博认出了我。

王世博说，那天接完我的电话之后，他就跑去跳黄浦江了。快淹死的时候，被人救了起来，没死成。然后想通了，不死了，拿着老王头留下的钱，开了这家杂货铺，娶妻，生子……

“日子这不过得挺好的吗……”王世博说。

这时候，后院又传来王世博导游老婆的骂街声和孩子的哭声。

然后王世博问我过得怎么样。其实这些年我过得很无聊；从石大毕业后，老爹给安排了工作，然后娶妻，正准备生子。我看了旁边的小莉一眼，她的脸有些微红。“挺好，”我说，“都挺好。”

“现在泰坦星大开发开始了，”我说，“新时代又要来了。”

“没那命，”王世博说，“我现在算知道了，天好地好不如自己的窝好。”

王世博注意到了小莉。“这是嫂子吧，”他说，“真漂亮，你小子真有福气。”

这时候王世博的儿子从后院跑了过来，问，“叔叔，你说泰坦星大开发开始了？你给我讲讲泰坦星的事吧……”

看着男孩深邃的眼神，我突然有种穿越了时空的感觉，仿佛时间又回到了十年前的某个时候，王世博看着地理书上的火星地图，丁小莉在旁边请教他问题……

一览众山小

飞氘

一

寒冬腊月，冷风呼号，夫子孔与众弟子被困郊野，孤立无援。

老实说，夫子孔在江湖上行走了这么多年，轻蔑、无视、仇恨、人情冷暖、阴谋算计、阳奉阴违、软禁、陷阱乃至暗杀未遂……什么大风大浪没见识过？然而，凭着耳聪目明和心中的正气，他居然一次次地逢凶化吉、遇难成祥。于是，夫子就更加坚信自己秉承天命，世俗的小人是绝不可能伤害得了他的。所以，这次虽然被陈、蔡两国派来的乌合之众围困在荒郊野岭，进退不得、饥寒交迫，但夫子仍旧从容不迫地给弟子们讲起《诗》和《乐》来。

“关关雎鸠，在河之洲……”夫子声音洪亮，完全不像是三天没吃上饱饭的人。

诗确实是好诗，然而在荒废的破草房里瑟缩着的几十名弟子，一个个面色蜡黄，额头不住地冒着虚汗，坐姿虽然端正，心神却已恍惚了。偏偏这时又刮起一阵干冷干冷的风，吹到发烧的脑门上，简直闷头一棍，于是“扑通”一声，又饿昏了一个。

夫子的声音顿了顿，面色有点儿愁苦，然而依旧挺直坐着，弹起琴来。

此时饿昏的伯牛先生身体一向虚弱，众人忙把他抬到角落里放好，喂了几口水。过了好一会儿，伯牛先生终于苏醒过来，却一动不动，懒得睁眼。

琴声悠扬，高雅庄重，众人都知道这是老师最爱的《文王操》，于是静静地听，慢慢就陶醉了，竟一时忘却了肚饿，连伯牛先生蜡黄的脸上也露出了微微的笑。

一曲终了，余音绕耳，夫子望着虚空深思起来，神色肃穆，仿佛已去拜会文王了。

然而，某张肚皮还是不争气地咕咕叫起来，一下把大家拉回了现实，众人都有点儿沉不住气了。

公良孺皱着眉走上前，向夫子行礼道："老师，我看他们不是会讲理的人，这样僵持着，是想把我们困死啊！不如让我去和他们打吧！"

公良孺是武学家，自幼勤修武功。上一次在蒲被围，就是他跟蒲人力战八百回合，才逼得蒲人放了他们去卫国。然而非到不得已，夫子是一向不喜欢动粗的。

"唉，"夫子转过头，"你看那些人，又瘦又黑，衣衫褴褛，目光无神。你爱他们吗？"

公良孺不吭声。

"那些人都是奴隶，不知命、不知礼、不知言，然而奴隶也是人，所以也要爱他们，这便是仁啊。他们也是被迫来围我们的，打他们做什么呢？"夫子见他还是不很心服，又补充道，"况且，你也几天没吃饭了吧，打得过吗？"

"那怎么办呢？"公良孺舔了舔干裂的嘴唇，有些气馁。若是两天前，他可以把他们全部打倒，然而那时夫子不肯。

"如果上天让我背负着使命，这些盲流又能把我怎样呢？"夫子说完，闭上眼。

公良孺只好沉着脸退下了。这时，子路又气冲冲地走上来："老师，君子也有没辙的时候吗？"

夫子知道子路是一根筋，所以并不生气，但他也明白大家现在心里都很不平了，于是放下琴，站起身，给众人出了道考题：“不是犀牛也不是老虎，却在旷野徘徊，为何会落到这地步呢？”

不知内情的人定会以为夫子在出脑筋急转弯，众人虽习以为常，但还是面面相觑。除了几位高徒，其他人向来听不太懂夫子的话，况且现在又没力气，所以干脆不作声。

子路一脸的埋怨：“要我看啊，实践是检验真理的唯一标准。人家把我们困起来，我们又跑不了，这就说明，您的学问不够高明，德行还不够高，人家不信也不服。”

“那样的话，伯夷、叔齐饿死了，是说他们的德行不够高吗？比干被杀了，是说他不够聪明吗？”夫子温和地反问。

子路一下子被噎住，脸憋得通红。

另一位高徒子贡忧郁地开口了：“我想，大概是您的德行太高了，步伐太大了，已经远远地走在了时代的前面，超出了普通人理解的范畴，大家都不能接受，因此才不给我们出路吧？您不能走慢一些吗？”子贡一向是很务实的人。

夫子沉默了片刻，没有回答。这时，一个瘦骨嶙峋、颧骨高耸、白瘦得仿佛骷髅一样的人忽然大声说道：“老师的学问确实太广了，整个宇宙都装不下，所以别人不接受。可是，这才更显出君子的风范！道不行，那是世人的愚昧，是当权者的耻辱啊，不是老师的错。不接受没关系，历史终究会还我们公道的！”这个瘦得像柴火一样的人便是夫子最得意的高徒子渊先生。他是素食主义者，而且有洁癖，一向营养不良，最近听说有人往面里掺灰，于是他每天就一箪食，一瓢饮。于是，人瘦得更加可怕。可他至今都还没有饿昏，而且有力气这样大声说话，委实令众人颇为吃惊。

夫子听了两个人的话，严厉地对子贡说：“善于种地，不一定就能丰收；心灵手巧，做出的东西别人未必喜欢。君子走得太快太远，后面的人不一定跟得上。可你不肯自己站得高远，反倒想着回头迁就别人，这不是降低自己的标准吗？子贡啊，你太不严于律己了！”

子贡先生不仅学问好，很擅长外交，还很会赚钱，家财丰厚，乃是风云人物。夫子对这个学生一直都很欣赏，但偶尔也有点儿不满，所以常常当面批评他，来促使他进步。

子贡的脸微微红了，夫子又转向子渊，冲他微笑着点点头。

大家都惭愧地低下头。不过，夫子也终于决定让公良孺护送子贡，在天黑时悄悄下山，去楚国找昭王搬救兵，因为若饿死了人，也不合爱人的原则。

二

夫子孔和弟子们被困郊野的第十日，是个艳阳天。

碧蓝的天上，骄阳高挂，几朵胖大的白云悠然飘过，大地忽明忽暗。一只金色的大鸟正在白云之上飞行。

夫子孔一行人竟然还没有饿死，这着实让陈国的大夫诧异和不安，于是派人调查，不一会儿便真相大白：原来，那些奴隶虽没受过什么教育，却毕竟还不是禽兽，不忍心闹出人命，所以从第四天夜里开始，就有人将自己吃剩的麦饭和稀粥偷偷地送到草屋外面。

“混账！”陈国大夫气得脸色发青，想把反动分子都抓起来问斩。无奈现在正与吴国交战，壮丁实在稀缺，杀掉这些人显得成本太高。他只好宽大处理，赏每人三百鞭，于是山下一片鬼哭狼嚎。

山上草屋里的人听得心惊肉跳，知道今天晚上再没有冷粥喝了。

一片死沉沉的寂静之后，子路两眼发红，忽然大声说道：“老师，救兵还不来，我们拼死一战吧。”

夫子孔不言语，神色有些黯然。

“人死了，学说不会灭亡，但世上的小人和笨人太多，难道不会歪曲老师的意思吗？所以您一定要活下去啊！况且，我们行义，别人不容，如果不抗争，难道不是对‘不义’的纵容吗？我们的主张可凭义来求，却不可以用力来劫。”沉默了好几天的子羽终于开口了。

夫子孔愕然，他实在没有想到这个额低口窄、鼻梁低矮的丑汉，竟能说出这样有见识的话，看来他自己犯了以貌取人的大忌，不禁长叹了一声。

大家知道，老师算是默许了。于是，子路和子羽便开始制订作战计划，哪个冲锋，哪个断后，哪个保护老师。众人紧张地听着，又激动又害怕。

“得道者多助，失道者寡助，况且，哀兵必胜！”子路两眼放光，给大家打气。

众人都摩拳擦掌，决定也让他们见识见识读书人的骨气。

大伙一阵忙碌，把行李装上，又把夫子请上了轿车。正在这时，那只金色大鸟从白云中露出身影，地上的人刚看见，便一阵骚乱。山上的人也急忙冲出草屋，抬头看那稀奇的飞鸟，然而阳光太刺眼，只看见一个明晃晃的影子从天上掠下来，侧身依稀可见一个漆黑的“楚”字，不禁大骇，惊叫着低下腰。金鸟歪歪斜斜地落在山下一片枯草地上，之后又冲向陈、蔡两国的军营，搅得鸡飞蛋打人仰马翻，撞倒了无数帐篷，滑行了几百步，终于沉沉地停下。

子路和子羽都是勇武之人，只眨眼工夫，就从惊愕中回过神，立刻抓住大好机会，一声大喝，率领大家一鼓作气冲下山去。山下的敌兵们没有思想准备，被杀了个措手不及，加上奴隶才刚刚挨过皮鞭，没有一个肯再卖命，结果竟溃不成军，一败涂地了。

公输般先生是天下闻名的工程师，做出来的东西都极精妙，一般人是不能明白的。夫子孔虽是圣人，却对那些奇技淫巧的事情没兴趣，所以也同样看不懂，并且也不爱看。

“太阳照了，地就热，种子就发芽、开花、结果，人吃了果实，就有力气跑。天地万物，生生不息，是因为有‘能’。‘能’不生，亦不灭，世间的一切，不过是‘能’在变化万千罢了。懂了‘能’的奥秘，就几乎什么都做得到，比如，让一堆木头飞起来，我管它叫飞机……”公输般站在木头做的金色大鸟旁，热情地对夫子孔和众人发表讲话。他就是坐着这金鸟从天而降、吓了所有人一跳的。

“那么，先王的礼乐也是‘能’吗？”夫子面无表情地打断他。

说这话时，天色早已大变，不知何时，太阳隐没在一片浓云之后，阵阵阴风吹过，四周弥漫着一股潮湿的气息，仿佛盛夏一般，完全没有一点儿寒冬腊月的样子。大家刚打过架，一个个惊魂未定。虽然早就听说公输般近来在推广一种“能学”，还造了些古怪的东西，但大家都不当回事儿。直到这回亲眼见到人飞上天，大家才知道这学问的厉害，不禁都惊骇莫名，可因为老师在，不敢随便开口，只得静静地听着。

“这个……照理说，一切都是‘能’变化来的，所以……礼乐一类的，也是吧……”公输般有些犹豫，他只喜欢钻研造化的奥妙，做些实在的货色，对于礼乐一类的玩意儿，其实不感兴趣。

“那可敢问，礼乐崩坏，‘能学’救得了人心吗？”夫子淡淡地问。

“这……”公输般虽早听说过夫子孔的怪脾气，却想不到他竟对有人飞上天这样伟大的奇迹如此无动于衷，于是也冷淡下来，不屑地说，“道理上是可以的，只是弄起来麻烦，我不愿费那个工夫。”

“唔。”夫子不想再说话了，但还是诚恳地行了个礼，算是感谢。

公输般还了礼，也决计不跟这老头子计较，便露出笑容：“楚王本来要兴大兵来救的，子贡先生说怕各位挨不了太久，偏巧我新近发明了飞机，楚王就让我先来震震他们。御风而行，一日千里，所以正好来得及赶到。本来只想借气势吓吓这些庸人就行了，可惜落地的技术还不熟练，结果冲得他们七零八落的，自己也差点儿脑震荡……嗨，好在没有伤到诸位。”

“真是感激不尽。”夫子温和地说，“那么，我们走吧。”

“这倒不急，飞机撞坏了，我得修一修。我看，一时半会儿那些人也不敢再回来，况且气候异常，而救兵马上就到，所以不妨休息一下，吃些东西，养养力气吧。”

黑云低沉，阴风阵阵，夫子见弟子们个个面黄肌瘦、半死不活的样子，于是说：“也好。”

这样，众人整理了杂乱的营地，找了些粮食和肉脯，生火做饭。米香刚刚飘起，雨点就开始坠落，大伙急忙端着粥锅跑进了帐篷。几声闷雷之后，大雨便倾盆而下了。

天地一片漆黑，偶尔划过一道闪电，大家围着火盆，就着肉脯，喝起了半生不熟的粥。

三

阔别多年之后，竟在稷下学宫又遇见老聃，这着实让夫子孔大吃了一惊。

“真想不到，竟在此地遇见了先生。”虽然已是享有国际盛誉的大学者，夫子对当年的老师还是颇为恭敬，虽则内心有一丝尴尬、惊骇，以及一阵久违的激动。

“嗯。”老聃杵在那里，如一尊雕像，脸上堆满皱纹，全无一丝波澜。一阵晚风把他几根稀疏的白发和垂到耳边的白眉吹得乱颤，一身肥大的黄袍在风中飘摆不定。

到了这时候，天下更不太平了，夫子孔也垂垂老矣。

虽然声名愈发显赫，事业却还是没有什么起色。之前，楚王差点就要封他七百里土地，不料竟被那个叫子西的家伙给搅黄了。不被重用，就每天闲着，只能潜心于学术，研究当地文化。几番研究后却觉得不如中原文化好，遂写了不少专著，足足要装五十驾马车。然而一卷也卖不出去，只好白送给达官显贵装点门面，或者给小孩识字用。倒是子贡突发奇想，组织大家把夫子平时说的话都记下来，编成小册。这竟颇受老百姓欢迎，一下子成了畅销书，赚了不少钱。夫子有点儿不悦，但有了银子，可以装修一下马车，给弟子买几件体面的衣服，倒也算一桩好事。不久，昭王去世，楚国闹起动乱，杀了不少人，外国人也跟着遭殃，连公输般这样的能士都觉得风声吃紧，干脆坐着飞鸟云游他乡了。夫子也心灰意冷，加之他有胃病，一向吃不惯楚国菜，所以当那个叫接舆的义士刚一通风报信说子西要谋害夫子时，夫子就马上领着众人离开了。本来夫子他们打算再回陈国，半路上又收到请帖，说齐国要在稷下学宫举办齐鲁论坛，宣扬齐鲁同文同种，亲如一家，还邀请诸子百家都去争鸣一下，繁荣文化事业。夫子一把年纪，有些怀旧，想去拜见几位老朋友，再听听《韶》，顺便看看齐国搞什么名堂，于是就带着弟子们都来凑热闹了。

为了维护国际形象，各国都宣布要礼遇人才，增强软实力。一切国际纠纷，都以学术的名义暂停，各地关隘也宽松得多，大伙儿便争相一睹文化名人的风采。学宫周遭的大小客栈挤满了人，往日萧条的巷子，忽然冒出许多高矮胖瘦不一的各色人等，各自乌啦乌啦地说着十七八种互相听不懂的鸟语，很有繁华的感觉。

论坛声势浩大，各家都派了代表，传播自己的学说，互相辩驳。由于宣传得力，孔门论坛坐得满满当当。虽已入秋，但人挨着人，还有些闷热。夫子年事已高，不能久坐，只讲了半炷香的工夫，略谈了点儿仁义和忠恕的问题，便起身告退。听众并不满意，觉得自己花大价钱买了门票进来，所以一定要围上去索要签名，还有几个面目黑瘦的，嚷着要和夫子孔辩论，现场一度有些失控。好在主办方早有准备，请孔先生的高徒子路代劳签名售书，夫子本人则在几个彪形大汉的保护下从侧门溜走，身后响起一片失望之声。

“以后别再这么搞，我们是为义而不为利的。”夫子闷闷地说。子贡连连点头，这次的签售活动都是他策划的。

回到驿馆，夫子心绪不宁，就趁着欢迎晚宴还未开始，悄悄从后门出去散心，一路走去，被几个瘸腿的乞丐索要了几文钱，然后直奔人烟稀少的地方。不料，走上一个光秃秃的土丘，他竟碰见了老聃，自然颇为诧异。老实说，他以为老头子早已离开人世多年了。

“先生不是出关，向西去了吗？”夫子孔终究没能忍住好奇。

老聃一动不动地立着，嘴唇微微嚅动：“你还不懂吗？反者道之动。西便是东，上便是下啊，福和祸，是和非……”一阵风吹起，老聃闭了口，仿佛风把他的话吹跑了一样。远处卷起一股黄沙。

难道一直往西倒能走到东吗？若是年轻时候，夫子孔一定不服，以为这是胡扯，然而时过境迁，如今脾性已温和得多，况且近来确也对这类问题有些困惑了，或许老头子说的真有几分道理呢。

“先生已经完全超越生死，明白天地造化的奥秘了吧？”

“唉，你不要说这样的话。”老聃叹息了一声。

两个人就都沉默，一起望着远山。胭红色的天，乌鸦哀鸣着盘旋。晚风吹得两个老头儿都一阵瑟缩。

这些年，夫子熟识的人一个挨一个地走了不少，自己也老了，体内的气势大不如前。这时撞见老聃，实在是百感交集，有点儿激动了，于是他犹豫片刻，忽然说出了心中的秘密：“先生，我想去登泰山。”

“唔，”老聃的眼睛眯得更细了，好像睡着了一般，“你在地上已经看够了吗？”

“是，我环游了诸国，各地的话也都听了，稀罕的玩意儿见了不少，不同的礼俗和音乐也都了解过。当时以为，有些是好的，有些太坏，要不得。但是现在年岁长了，像狗一样颠沛流离惯了，心就难免世故起来。虽然依旧躬行，道却总是行不通，于是渐渐觉得地上的东西，其实也差不很多，并没有自己理想中的乐土。我是每天都要反省许多次的，结果是，我以为懂了的，其实并不真懂。人心不古，是要治的，但怎么个治法呢？我就想去讨教天了。前一回鲁国开文学家笔会的时候，请我们去登东山。上到山顶，我才明白鲁国也就是一块泥丸，于是想，自己从前说的那些，怕是有些天真。可东山也还是太小，离天还是太远，所以我想去泰山。听说泰山是极高的……远离地，靠近天，在云之上，也许在那我就会有新的想法……”

夫子一气说了这么多，脸色微红，有些气喘。老聃微微地转过头，看他那惶惶不安的样子，想起他昔日凌厉的气势，心里竟有些同情了，于是也叹气：“你的心，还是不平静啊！想要的东西多，就会不足。一无所求，才能刚正……”

天色愈发黯淡，远处山脚下升起一缕炊烟。

虽明知老聃会说这种话，夫子心里却还是不甘：“连天的样子都没见过，怎么能说明白天道呢？”

老聃似笑非笑地说：“无往，而无不往。哪里都不去，整个宇宙就都去过了。”

夫子孔落寞了一阵，自语道：“我总以为，只有天了解我。现在我才知道，自己并不了解天。我的道也要随着命一起完结了，可我总要看看才甘心啊！”

晚霞黯淡下去，天空扯过一块大幕，世界陷进大黑暗之中，一股阴冷萧瑟的湿气弥漫开来。老聃转过身：“你想去，便去吧。”说完，便悠悠地飘走了。

四

“泰山者，擎天之柱也。这东西穿了几百层云霄，顶着天呢，哪里是人能登的啊……”听说夫子要登泰山，季康子第一个跑过来劝，“……您是圣贤，不过……泰山嘛，历来想登的人也不少，要么半路退却，要么跌下来摔死，要么干脆失踪。从来没有一个人真的到过顶啊！就是常年在山中采药的人，走到玉皇坡，也就算是到了头。那片神林，人是进不得的。多少人因此白白丢了性命，况且那上面云雾缭绕，全是冰雪……不成不成！”

季康子是鲁国的权贵，与夫子私交不错。泰山是擎天柱，乃鲁国圣地，想高攀的人也多，每年都要死不少冒险家。鲁国因此下了禁令，除非有特殊理由，官方不批通行证，私自攀登就是犯法。而这事就归季康子管。

“如果天要我无所求，自然会让我受挫；如果天要我往前走，自然能帮我逢凶化吉。”夫子孔平静地回答。这话他说了大半生，自己是非常相信的。

“嗨，您这逻辑，简直无敌啊……话虽如此……单说您这身体，也不比年轻时候了，怎么能登上去呢？不成不成！”季康子还是力劝。

“总能有办法的。”夫子泰然地回答。

“您毕竟是一代大师，万一有点儿闪失，我们都担待不起……话说您要是想散心，可以安排您旅游。我们还准备划出一块地，给您专心做学问……”

“谢谢了，不过您就别费心了。”夫子行个礼，送客了。

圣贤荣归故里，鲁国上下庆贺了三天。从此人人都把夫子当成国宝，为有这样的名人而自豪。大学邀请去演讲是不好推辞的；达官显贵也都来拜会，请教为政的道理，夫子客客气气地讲几句，也把自己的语录拿来赠送。这样闹了三个月，门庭才终于清净了，而夫子也因为太劳神而病倒了。时已入冬，夫子只好在家休养，预备来年开春的时候再行动。

“现在国家终于器重老师了呢……”众人守在跟前，看着夫子枯树皮一样的脸，心里不是滋味，想说点儿安慰的话。

夫子摇摇头，虚弱地说：“口头上推崇我，却不施行我的主张，是不合礼数的；我不能得到重用，却被称作‘国宝’，是不合名分的。失了礼数就会昏乱，丢了名分就有过失。你们不要学他们。”说完叹了口气，闭上眼，心里感觉很疲倦。

大家都很感动，又想到总有一天老师要驾鹤西去，没人再这样教诲自己，不禁有些黯然神伤。

“老师还是别去泰山了吧。我占了一卦，这事似乎不妥当。”子木跟夫子学《易》，颇有心得，近来就喜欢占卦。

“《易》深奥得很，我没有研究得很明白，你已经弄懂了吗？”夫子连眼皮都不愿意抬。

子木脸红了，不再说话。

夫子睡去了，并且做起梦来。

梦里，一头红色的大兽在天上飞来飞去。

直到腊月二十三，才下了第一场雪。

子贡进来时，夫子正在炉子旁边删《诗》。门帘掀开，一阵冷风卷进几片雪花，风吹得炉火烧得更旺了。

夫子觉得自己时日不多了，所以愈发勤奋。自己的学说，别人听得厌，自己也说得烦，因此他近来不大愿意著书，而更愿意编古书了。《诗》有几千篇，虽然之前删到了五百，但似乎有些还是不合礼，所以打算再删一删。因为气虚，他就只能断断续续地做。

“您还弄这个呢？”子贡行过礼，问道。

“是啊，刚删到三百篇……真是百删不厌啊。”夫子把一卷竹简递过去，上面写满了名目，其中一些涂满了红色的圈圈叉叉。

“我看差不多了，您也手下留点儿情吧。”子贡端详了一阵，半开玩笑地说，“其实有些也还不错，删了未免可惜，不如另出一本作内参……”

“唔……”夫子愣了一会儿，心思似已不在这上面了，“东西都置办好了？”

子贡点点头：“到处都打仗，物资稀缺，好在还有些熟人，买了些内部供应品，所以大体上也齐全了。出版界今年也不景气，《论语》的销量不如去年，但仍赚了不少钱，置办完年货，还剩了不少……”

夫子孔满意地望着他，良久，才温和地说：“给大家都分发下去，过完了正月，就各自散去吧。”

“是。”子贡犹豫了一下，“另外，我在路上还遇到个人，破衣烂衫，一脸的灰，想讨一口水喝。我看他快要渴死了，又不像歹人，就领了回来。”

夫子点点头：“请。”

于是就进来一个瘦高的黑脸汉子，衣服破烂得连抹布都不如，轻飘飘地套在一副干瘪的骨架上，腰间挂着一双踩烂的草鞋，赤脚立在那里。那人从头到脚一片黑，仿佛一棵被雷劈焦的枯树。

“打扰了。”黑脸汉子抱了抱拳，喉咙里似乎满是沙，一双眼却如两颗星，炯炯发光。

“您赶紧吃些东西吧……”看着有人受苦，夫子心中总不好受。

子贡就领着汉子去了厨房，掀开锅盖，盛了一大盆稀饭，摆上十张饼和一碗肉酱：“请慢用。”黑脸汉子也不客气，坐下来便吃。

足足一炷香的工夫，大汉终于出来了，却把夫子和子贡都吓了一跳：那副皮包的骨架竟如泡过水的菜干一样，忽然膨胀了许多倍。他立在厅堂中，虎背熊腰，好像一座黑铁塔，声音也洪亮起来：“唉，好久没吃得这么饱了，真是感激不尽啊！这下子又有力气了，咳……事情实在多，总也干不完……我本来只是路过，讨口水喝……不过人是应该知恩图报的，听说您打算登泰山，虽然我不赞成，但就帮您一帮吧……”

夫子有点儿茫然，问：“还不知尊姓大名？”

“不敢不敢，别人都叫我翟……”汉子一笑，露出一口白灿灿的牙。

五

这年春天来得早，刚出正月，河上的冰就融得一塌糊涂，到处闪耀着碎光。在湿漉漉的河岸边，立着一个胖鼓鼓的东西，红彤彤的，远远看去，仿佛搁浅的鱼。

“轻的往上飘，重的向下沉。用火一烤，热气自然就能带着人飞上天了。”翟先生解释道，“这就是云桴，有了这个，可以直接飞上玉皇坡。”

“了不起！”季康子盛赞，“万水千山都不在话下了，果然厉害！”

“这个嘛，还是要以人为本。”翟含糊地说。

“能飞得更高点儿吗？”子路问。

“倒也可以……但我不愿意。我就只能送到玉皇坡那里拉倒。再往上呢，就看各位自己的命了。”

夫子点点头，望着云桴，满脸的皱纹中，藏了几分忧郁。

云桴能坐三个人，除了翟先生以外，夫子只带子路随行。其他人非要同去，然而，夫子心意已决，任何人都没办法。

“现在世道不好，你们都有自己的正经事要做，就不要来凑热闹了。”任谁劝，夫子就只是这样答复，“我只去看看便回来。”又特别对子贡说，“有什么事，你要多照看一下。”

子贡深沉地点点头，大伙都红了眼圈。

三天后是个顺风的好日子，鲁国的政要和各国大使都来欢送夫子孔。翟先生请夫子孔和子路上了云桴，解开缆绳，点上火，云桴腾空而起。

脚下的大地渐渐远去，地上的人、房屋、田野、河流都变得渺小起来。黑的土、绿的湖、白的烟、连绵的青山，组成五颜六色的景象，颇为好看。尘俗的渣滓都缩小不见了，只剩下一目万里的辽阔。眼前是一轮金黄的太阳，耳畔是呼啸的风。头顶上的火缸烧得滚烫，喷出一股股黑烟和灼人的热气，鼓胀着云桴，跨越山山水水，攀上层层云霄。

“腾云驾雾啊，哈哈！”子路是勇武之士，但习惯了平地走路的人，初次飞天，还是有点儿头晕心悸，于是就故意大声喊。

翟先生往火缸里添了些木炭，冲他咧嘴一笑，那自信的模样让子路感动。

夫子觉得有些冷，关节酸痛酸痛的，就裹紧了腿上的狗皮护膝。慢慢地，夫子呼吸有点儿吃力，心里阵阵地慌，脸色也白了。

“天高气薄，您吸两口这个。”翟递过来枕头一样的皮囊。

夫子把皮碗扣在鼻子上，拧开闩，一股气就涌入五脏六腑，吸了两口，顿时感觉舒服多了。

“万千景色都尽收眼底，况且还会移动，实在不输泰山了。”翟开玩笑说。

夫子也笑笑，没有说话，只望着下面越来越远的山河。偌大的一个个国家，都成了巴掌大的弹丸之地，自己一生走过的足迹，不过是一条细线啊。

云雾渺渺，绵绵无尽，一颗明晃晃的大火球，无牵无挂地飘浮着。群山都矮下去了，只剩前方一座苍莽的山峰，披挂着一层冰雪的铠甲，穿破云海，朝着更高远的地方刺过去，消失在一片青铜色的天空中。抬头看去，仿佛苍穹下悬挂的一根巨大冰凌，在无限的空旷中闪烁着光芒。

“那便是泰山了。”翟轻轻地说。

“是了。”夫子点点头。

玉皇坡上，正飘着细雪。

异常高大的松林环山而生，仿佛一条绿腰带，截断了万年不化的冰雪，也阻隔了人的去路。林边有一块草地，旁边有间小木屋，云桴微微一震，就在草地上停了下来。

三人顿时觉得进入了另一个季节。火缸已经熄灭，脚下却翻滚着厚厚的一层热浪，似乎地下有一个热炉子。雪落在地上，立刻融化蒸腾起白烟，恍如温泉池。湿气热乎乎地贴过来，混着松林飘散出的清香，从毛孔往五脏六腑里钻去，令人目眩神迷，心痒难耐。

“听山中采药的人讲，这林子是神设的屏风，人不可穿过，也不能穿过。”翟先生望着那片茂密的松林，幽幽地说，“登泰山的人，到这里就可以止步了。”

这片松林不知生了多少世代，足有几十人高，宽厚的枝叶挂着水滴，苍翠可人，林间白雾缭绕。三个人无声地望着林子，思绪纷飞。

“好像有声音。”子路说。

隐约有几声沙沙的声响，然而很快就从耳畔消失了。三人又仔细地听了一阵，却再无动静，唯有雪花静静飘落，水汽袅袅升起，松林如绝壁般矗立，除此之外，便是了无边际的寂寞。

六

“在云桴上，可以饱览天下，您又何必非得登这泰山呢？”翟一边说，一边往铁锅里扔些干菜，又添上水，生起火，再把饼放在锅盖上，“那上面无非就是冰雪，爬又爬不得，有什么可看的呢……”

这间木屋大约是采药人避风雪的，里面有一铺火炕和一口大锅，旁边堆了些木柴。这些都是翟考察好的。他知道夫子孔是国宝，所以先前自己已经飞来过一次了。

“唉，你还年轻，不懂得老头子的心情。”夫子眼望着铁锅下面跳跃着的火焰，有些出神。

翟沉思了一会儿说：“那么，我就等您一天……下面到处都在打仗，我实在不能多等。要是天黑时您还不回来，我就只好自己下山了。”

顿时，子路又想到那片雾气蒙蒙的松林，心里忽然一阵惶恐，登山的事竟变得前所未有地沉重起来。他望望老师，想说又不知该说什么。

“好，”夫子面色平静，又对着子路说，“你也不要去了，在这里陪着翟先生。”

“那不行！”子路急忙说，“老师去，我也去！”

“这事吉凶未卜，你还年轻，应该多做些有用的事，不要跟我去犯险了。”

“不成！来都来了，我一定跟您去！”子路急得脸都红了。

“唉，你还是这么倔强。”夫子摇摇头。

说这话时，铁锅里的水已经沸腾，菜叶在水上跳起舞来。三人喝着热乎乎的菜汤，就着肉脯，吃起了饼。

吃过饭，子路出奇地困，便倒头呼呼睡去。雪已经停了，夫子和翟推门而出。地下的那股热气已经消退，寒气重又袭来，泥地慢慢冻成了一片冰场。满天星光闪烁，洒下一地银辉。雾气已然散去，松林在星光下无声无息，仿如一道影子做成的墙，森然可畏。

其实，翟对夫子孔的学说向来是不大买账的，以为实在于天下大不利，然而见到老头本人，却又觉得他心肠不坏，只是脑袋有点儿迂腐罢了。分别在即，翟先生心里还有点儿难过，便想说点儿轻松的话题："您觉得我这发明怎么样？"

"唔，"夫子回过神，转眼望向云桴，沉思了一会儿说，"不错呢，前一回我见过公输般先生，他也在搞什么飞机……将来的世界，恐怕要有大变化，我怕是跟不上时代的潮流了。"夫子叹了口气，不自觉地揉了揉腿。年轻时东奔西跑受的那些风寒，如今都沉淀在骨头缝里化成了风湿，寒风一吹，就撕拉撕拉地疼起来了。

"咳，那家伙，真让人头疼……"翟摇摇头，"'能学'倒是很有道理，只是他有点儿走火入魔了，以为搞明白'能'就天下无敌了。飞机虽然厉害，但终究还是要以人为本的。我跟他讲过几次，他都听不进去……"

"他只晓得'器'，看不见'道'啊。"夫子叹了口气，"这样，就百害而无一利。"骨头还是酸胀，虽然鲁公每月邀请他去泡温泉，可惜一双老寒腿，终究不能像年轻时那样健步如飞了。岁数这回事，哪怕是圣人，也一样没辙啊。

"是啊。但我和他不同，他是为科学而科学的，我是为兼爱而科学的。"翟转过头，认真地望着夫子，"我知道您看重'道'，瞧不起'器'。不过器不利，事就难成。譬如有人在千里之外行不义，要治他，走路也许得一个月，乘云桴却只要一日。况且，衣食住行，都要靠器物，粮食丰收就不会饿死人，旅居便利胜过愚公移山，于人有利的就好。您不是也说，仁者爱人吗？”

夫子望着前面幽秘的丛林，心绪有些凌乱，琢磨了一会儿，才开口：“话虽如此，只怕器物高妙了，人心就乱了……”

“可您也别忘了，要匡正人心，得先喂饱肚皮。”翟究竟是年轻，反应也快，“没有‘道’，‘器’就走上邪路；没有‘器’，‘道’就走不通。只有器不成，没有器也不成，凡事都不能偏执一端。您不是也主张过犹不及吗？不论‘器’还是‘道’，都不能弄得太过啊。”

“倒是这回事。”夫子的思绪还是飘忽，沉默了一阵子，才转过头，“唔，这些话吗，我想也是有几分道理的……虽然我不很同意，但确实跟您学了不少东西，以后我再想想这些……”

“呵……”翟笑了笑，“其实我们求的都一样，只是走的路不同吧。”

夫子发出一阵苍老的笑声。随之，这笑声淹没在浓稠的夜色中，悬挂在头顶的北斗星，仿佛触手可及。

七

林子里没有路。

黎明之前，地下的那股热浪又慢慢升上来了。不到一个时辰，满地的冰碴都被烘成了水汽，松林又是白蒙蒙的一片了。脚下的泥土半湿不干，踩上去有点儿滑。子路背着布包，夫子拄一根木棍，两人互相搀着，一点点摸索着往上爬。

雾气在阳光中弥漫，松叶上的露水不时滴落。没有鸟鸣，也不见虫飞，树与石之间，只有山花和泥土的气息。

夫子年轻时是登山的好手，现在虽老了，精神却不差，下脚稳稳当当，呼吸不急不缓，跟在子路后面一步步地攀。慢慢地，身子热起来，从头到脚反倒颇感畅快，连风湿病似乎也好了。真有点儿不亦乐乎了。

“这里真静得可怕啊。”子路倚着一块大石头，擦擦汗，紧张地环视着：前后左右，全是参天大树，层层叠叠，在他们面前不断铺展，如迷宫一样，似乎永远没有尽头。身后，来时的路已然隐没在云雾之中。

“是啊，果然已不是人间了。”夫子手扶一棵古松，仔细端详树干上伤疤似的条纹，“你看这些条纹，长短都一样，却又有两种：一种是普通的一条细线；另一种在正中间有一个疙瘩。整个树干都是这两样条纹呢……”

“真的！”子路吃了一惊，又转身看另一棵树，“这边也是一样……”

夫子看这些条纹有点儿眼熟，却一时想不起在哪儿见过。正思量着，忽然一阵轻风拂过，搅起阵阵松涛，如海浪一般把人的心绪托起，轻轻摇荡，飘向远方。

远处一阵水声传来，两人这才回过神，于是循着水声，绕上一条斜坡，一手摸索着结实的藤条，一手拨开挡在前面的杂草，非常小心地挪动着。忽然，子路脚下一滑，眼看要跌落下去。夫子不知哪里来的力气，一把搭住他的手腕，借着千年老藤的力把他拉了上来。而掉下去的石块只在地上一弹，“嘭”的一声跌进白雾里，便再无声息了。

子路吓得脸色苍白，夫子也累得满头是汗。两人又战战兢兢地爬了半炷香的工夫，终于峰回路转，登上一块平坦的地方。前面一座峭壁，悬挂着一条小瀑布，垂挂而下，向云雾深处奔流而去。

“都说不少人进过这片山林，可是一个也没出去过。”吃过了肉干和饼，子路蹲在溪边洗着手说。

“说是这么说。”夫子捧了冰凉的溪水润了润口。

“可一丁点儿痕迹也没有……”子路心里不踏实，“连遗骨也不见，真是怪事……”

“这山大得很，也许我们没有看见。”夫子站在一棵十几丈高的古松旁，盯着树干瞧。

“老师说要来看看天的模样，可这里只有雾，什么也看不见。”子路抬头，头顶上一片浑浊的天，看不出什么名堂，“现在大约是中午了，再往前走一段，如果还出不去这片林，我们就下山吧？”

夫子没有作声。他忽然觉得那些条纹竟好像在自下而上地缓慢移动，交换着位置，不禁吃了一惊。他以为自己眼花了，揉揉眼再看，却又觉得条纹没有动，而是黑疙瘩在动，从一种条纹的中央蹦到另一种。两种条纹就交替变化，猛然看去就像所有的条纹都在移动了。夫子看得有些头晕，赶忙闭上眼。这时，忽然下起雨来。

有棵老松身上有个大洞，子路扶着夫子钻进去避雨。树洞里一股枯枝败叶的气息，倒也暖和。两个人坐在里面，默默地望着洞外的烟雨。

“唉。”子路忽然叹了口气。

“怎么？”夫子问。

“老师，您不是教导我们要爱人吗？”子路终于忍不住开口，“可这儿连只飞鸟都没有，您来到这里做什么呢？这倒更像隐居的好地方。”

“唔。”夫子不知该怎么答，他心里也有一样的困惑：就算看到了天，又能怎样呢？回到地上，还不是一切如故……然而，冥冥中却好像有什么在召唤着他。心里有一股力，非驱策着他往前走不可，难道中了邪不成？

“我晓得，您觉得人生到了尽头，做的事还不见成绩，就有点儿倦。道不行，就想远去，见见海阔天空，散散心，这也没什么不好。”子路热切望着夫子，“但您不是也说，君子是做事而不求结果的吗？道不能行，您该早就明了的吧？下面的世界还纷乱不堪，能做的事其实还很多……”

夫子心里一震，愣了一会儿，随即缓缓露出了满意的微笑：“子路啊，我已经没有什么可以再教你的了。”

雨停了，只有飞瀑激荡。

“就依你说的，再往前走一段看看，然后就下山吧。”

夫子和子路绕着峭壁走了半晌，才走上一道斜坡。脚下的地皮不再温热，风也硬朗起来，地上开始冒出零星的积雪。松林稀疏开来，雾也薄了，湿乎乎的衣服一下格外难受。子路用脚扫出一块空地，捡了一堆松针，用火镰点着，请老师烤起火来。

等到全身都干爽热乎了，两个人用雪盖灭了余烬，继续上路。雾气散尽，松树越来越稀疏，两人身上都挂满冰霜。地上的积雪渐渐连成一片，愈来愈难走了。子路也拣了根木棍拄着，小步小步地往上攀爬，夫子在后面跟着，不断呼出白色的气息。

终于，他们登上了一块平地，眼前豁然开朗。

金色的阳光下，一座俊朗的雪峰闪耀着纯净的光，耸立在面前。寒风拂过山坡，撩起的阵阵飞雪，如面纱一样随风飘摆。除了一排矮松，银装素裹，仿佛明亮的短剑一样插在地里，整个世界就只是一片白茫茫。夫子和子路仰望着一尘不染的雪山，瞬间消弭了心中的一切忧愁。

天空如湖水一般碧蓝，云海在他们脚下荡漾。

八

看够了雪峰，夫子转过身，只见一列列青山在地上匍匐，蜿蜒的江河在群山之间奔突，切割出零零散散的田野和村落。在陆地的尽头，河水裹挟着红尘，汇入蔚蓝色的海洋。

世界真是广阔啊！

一句诗自然而然地涌到了夫子的唇边："溥天之下……"

诗一出口，夫子便觉得似乎有些不合适，却已来不及了。山巅上的积雪忽然开始沿坡而下，如海浪一般翻滚倾泻而来。

两人登时愣住，这时，那片雪松中忽然跑出一只火红色的大兽。头顶一对银角，一双乌黑明亮的眼睛惊奇地望了一眼这两个不速之客，便从他们面前飞身而过，朝着两人起先不曾注意的一个小山洞跑去。

眨眼之间，子路清醒过来，拽起夫子的手就跑。雪浪如猛虎下山，一路咆哮，席卷了所有的矮松，向他们头顶疾驰而来。夫子跟着子路昏头昏脑地拼命跑。那洞口又窄又低，子路把布包扔进洞里，刚帮着夫子钻进去，就被一块飞落的雪块砸中额头一下滑倒，还没等挣扎着站起来，铺天盖地的雪浪已卷着他朝山下涌去。等到夫子站稳，山洞里已是一片漆黑了。

片刻之后，一切都安静了。

夫子的脑袋嗡嗡作响，大喘了几口气，便不顾刺骨的冰冷，奋力去挖洞口的雪。然而雪堆得很厚，才挖出一点儿空隙，就立刻被堆积其上的雪填满。夫子不肯放弃，搓搓通红的手，继续挖个不停。万年不化的冰雪就在那满是老年斑的手里融化了。终于，夫子从齐腰深的雪地里探出了半截身子，用力呼喊着子路的名字。

山峰耸立，并不动容。苍老的呼唤在山与雪的世界里兀自回荡，终于变成了一阵呜咽。

哭过之后，夫子身心俱疲，退回山洞，用麻木的手翻检着布包。收拾好东西，他往里爬了几步，找到一块比较干净平整的地方躺下，把冰冷的双手揣在腋下，沉沉睡去了。

夫子似乎做了个梦，醒来时却忘记了。

周围黑咕隆咚的，远处有叮咚叮咚的水声。夫子坐在黑暗中，脑袋里全是迷雾。独自愣了好一阵，肚子咕噜噜叫起来，夫子摸出几块凉冰冰的碎饼吞下去。洞里又湿又闷，有股动物粪便的气息。夫子如盲人般，不知道前面有什么，只凭双手摸索着往前慢慢爬，累得浑身是汗。虽然满手满脸都是泥，夫子却不敢停下来，生怕一歇就再也睁不开眼，只得呼哧呼哧地挪蹭着，同时心里有一种感觉：这一切其实只是个梦。

不知爬了多久，前面终于露出一丝微光。夫子吐口气，从洞口钻出来，竟来到一个钟形的岩洞里了。

漫天群星。

夫子大惊，定了定神，才发现那些其实是挂满洞壁的无数个蓝绿色的亮点，好似夜空中的星斗一样闪耀着荧光。在极高的地方，有一块巴掌大的光斑，好像俯瞰众星的明月。洞底的中央是一个圆形的大水池，洞壁上的滴水落在池中，激起阵阵涟漪，水池边躺着一具白骨。

原来有人来过这里啊。

夫子走过去，发现逝者的颈骨和脊柱已经断裂。他仰起头，细看洞壁，发现在“星斗”之间竟有一道道凹槽，螺纹似的盘旋而上。夫子绕着水池走，竟找到了一个缓坡，半人高，两人宽。那个光斑，大约就是出口，而那具枯骨似乎是走到半路跌落下来的。

夫子心中大骇：如此说来，这泰山竟是空心的不成？

在蓝绿色的星光下，夫子在螺旋状的壁槽里匍匐而行。

他这一生之中，也曾落魄过，却从未像现在这么劳苦：衣服烂成了破片，膝盖上的棉裤已磨出了窟窿，脚割破了，就扯块碎布包起来。可他的心里有一种特别的兴奋，鼓动着他不顾浑身的疼痛继续前行。爬一会儿，就翻身躺下来歇一歇。岩壁虽硬，却很温热。一想到那具骸骨，夫子心里就一阵战栗：他是谁呢？也和自己一样，是来看天的吗？那些光点又是什么呢？倘若往旁边翻个身……夫子不敢想下去，也不敢从槽沿探头向下看，更不敢去看对面密密麻麻的“星星”，免得头晕摔下去。他就只盯着眼前，一圈又一圈，执着地攀升。群星在他身边旋转，而他看也不看一眼。

渐渐地，那光斑竟有一口锅那么大了，也比之前更亮、更近了。夫子的头开始发热，眼前的影子也有点儿模糊。恍惚中，他看到“星斗”都离开洞壁，密密麻麻地朝他飞来。他赶忙闭上眼，做了几个深呼吸，心中不停地默念着“君子坦荡荡”。耳旁嗡嗡地响了一阵，终于清静了。这时飘来一阵凉风，夫子的头脑也清醒多了。睁开眼，幻影都消散了。

水滴落在池中，激起更深的涟漪，“星斗”闪烁得更厉害了，而夫子全然不觉。他忘记了时间，也忘记了整个世界，只知道一圈又一圈地攀升着。群星在他身边旋转，而他看也不看一眼。

终于，夫子爬到了洞口边，前面是明晃晃的光，一股风吹在脸上。

夫子进了山洞，稳稳地坐下来。半晌，他攒足力气站起来，转过身，扶着一块石头，小心探头。只见“星斗”都在下面闪烁，仿佛夜空倒悬在脚下了。忽然间，它们开始移动，贴着岩壁朝着这边涌来，且越来越快，如旋涡一般，而洞口正是旋涡之眼。夫子急忙后撤，星如潮水，汹涌而来，洞穴里满是绿光。夫子闭上眼，而脑海中却浮现出了“星星”的样子：那形状竟和神林中松树上的条纹是一样的。

这东西，原来我真的见过啊！夫子猛然醒悟了。

周围黯淡下去了，夫子睁开眼，面前却再也见不到一点儿萤火，仿佛都顺着洞口飞走了，只留下一个无底似的黑洞。夫子立刻迈步，跌跌撞撞地走出洞口。

他站在了泰山之巅。

群山都伏倒在他脚下，万千世界，尽收眼底。

而头顶上，就是天。

天，好像一汪湖水，平整如镜，泛着白玉似的微光，映出一个模糊的影子。

自盘古之后，没人离它这样近过。

那里是否藏着他追问了一生的秘密？

夫子的心怦怦跳动。他踮起脚，探头过去，那影子就清晰起来，却并不是夫子的脸，而是慢慢幻化出一个清亮柔美的圆。仔细看，竟是一黑一白两条鱼，头尾缠绕，悠悠地转着圈。

啊！夫子大骇。

难道这就是宇宙的秘密吗？

他忍不住，颤抖着伸手去摸。

天真就如一汪水，泛起了涟漪。

两条鱼仿佛吃了一惊，顿时散去。天好像开了一扇门，闪出一道白光，大地登时轰然作响，泰山也崩裂成无数巨石，而夫子孔则在光芒中失去了知觉。

九

星在旋转，光在流淌，冰与火的歌。

十

夫子孔的身体对音乐天生敏感。虽在沉睡之中，闻见雅乐，夫子竟慢慢地苏醒过来。

琴声幽幽，弦乐绵绵，夫子闭眼倾听。心随琴动，仿如飞天，随风驰骋，信马由缰，少顷，又直上云霄，万古山河都化成沧海一粟，唯见银河万里，流光溢彩，群星闪烁，明灭不定，天火熊熊，玉珠滚滚，方生方死，如涛如浪。天地浩荡，乾坤苍茫，幽幽冥冥，最终都化作一片花瓣，飘落无声。

一曲终了，夫子孔的心久久澎湃。

他睁开眼，发现自己赤身躺在一间素雅的木屋里，身上干干净净，没有一点儿污浊。那些伤痛，仿佛也随之一起消失无踪了。窗外鸟语花香，阳光温柔，石凳上叠放着一件白色的长袍。夫子穿起来，不软不硬，贴身得很，然后推门而出。

眼前是一座花园，繁花似锦，绿草如茵，清风徐徐，远处山峦叠嶂，一条雪白的瀑布飞流直下，碧空之上，几朵白云慵懒地舒展着。

这大概是梦乡吧……夫子想。

这时，琴声又起，如清泉流淌，又有几许忧愁。夫子循着琴声，走上一条长廊，阳光透过茂密的葡萄藤，撒落一地。

琴声幽咽，哀愁渐浓，一曲未终，而音已止。

一座凉亭，一个黑影，一张琴，一声叹息。

“他的心很仁慈，又有点儿悲伤。”夫子这样想着，迈步走去。

听见脚步声，黑影转过身，淡淡地说：“噢，您醒了。”

一身黑斗篷，帽檐低压着，仿佛只是一个影子。

“是。”夫子行了个礼，“方才听见您弹琴，就过来了。”

黑影微微低下头：“让您见笑了。”

“哪里……”夫子说，“我一生闻乐无数，还从未听过如此奇妙的曲子。”

“您觉得如何呢？”

“我似乎看到了宇宙，”夫子如实说，“并且懂了它的一点点心思。”

“呵，那就好。”

“请问，此曲何名？”夫子问。

“信手而弹，并无什么名字……”影子顿了顿，“您觉得叫什么好呢？”

“唔，这个，我一时想不出，只是听的时候，看见无数的星。”夫子回想着。

“那么，就叫《星》吧。”影子轻声一笑，把琴向前一推，“我知道您也是音乐家，可否也弹一曲呢？”

夫子笑了笑，便在影子对面坐下来，手扶良琴，沉思片刻，弹动起来。凉亭边，花香四溢，泉水声声，天空中几只飞鸟翱翔。琴声舒缓，随风流淌。

弦已止，而乐声仿佛还在耳边回荡。两个人都静默着，一起在余音中回味。

良久，黑影才开口，又仿佛独自沉吟：“巍巍乎志在高山，洋洋乎志在流水。”

夫子笑了。

“能亲耳听您弹琴，真是三生有幸。夫子的胸怀，今日终于见识了。”黑影欠了欠身。

“过奖了。”夫子微笑说，“敢问阁下是……”

“唉……”黑影转身，望着远处的瀑布，沉默起来。

“世上有许多路。若想明白天下，就要走遍所有的路。譬如到了岔路口，先走一回左边，下次回来，再去走一次右边。这样才算见识了天下。”

黑影给夫子倒了一杯清茶。

“史，也是一个道理：譬如诸侯争霸，这一次是秦国强大了，重新来过的时候，可能因缘际会，秦国反而弱小了……这样走遍了所有可走的路，才算是明白史。”

黑影慢慢地说，夫子静静地听，茶香悠悠地飘。

“总之，所有的路都走一遭，就明白哪些是变的、怎样变法，才能知道哪些是不变的。不变的东西，就是道。”

黑影端起茶杯，夫子也跟着端起。山泉煮茶，唇齿留香。

“然而，时光如水，一去不返，不能回头。因此从古到今，就只有一个史，我们不妨称之为‘一实’；而其余万千的史都不能成真，不妨称之为‘万虚’。虚实之间，无从比较，也就无法知晓真正明白的‘史’，更谈不上‘道’。”

夫子点点头。这样的想法，他从前也有过。黑影又把茶添满。

“不过，到如今，终于有了个法子，”黑影用手一指远处的青山，“那里面，有些机器，可以另辟一个时空。在那里，史，从过去一个起点重新开始，直到全人类都灭亡，就再从头来过。一遍一遍，每次又千变万化，‘万虚’就变成了‘万实’……有了‘万实’，就可以相互比较，就能明白‘道’了。”

夫子一脸惊愕：“我不懂……”

黑影又恭敬地欠欠身：“自您之后，已经过去八千八百年了。咱们隔了几百代，我得叫您一声祖先了。”

清风入怀，茶香依旧，而夫子脸色苍白如纸，豆大的汗珠从脑门上渗出来。

十一

夫子孔渐渐习惯了新的世界。

每天，他和影子在山间散步，在泉边弹琴，夜晚便一起遥望星空。

这是他“死后”八千八百年的星空。那些星斗，都变换了位置，有些异样，有些陌生。

星空下，是他“死后”八千八百年的世界。这时的人们，多数已去了遥远的星上，建立了无数的“天宫”。少数人留在地上，住在丛林中，整日品茶、赏花、写诗、维护那些机器。

乘着一颗透明的圆球，他们俩一起环绕大地飞行。在圆球里，身体像羽毛一样没有重量，轻飘飘地悬浮着。俯瞰这下面的世界，好像自己在飞。地上不见人烟，就只有一排排茂密的森林，翠绿色，一片又一片。只在山谷河流之间，有一些幽深的洞口。圆球带着他们飞进去，里面是一条条纵横交错的管道，巨大的机器勾连套嵌，向着地下一层层铺展，无边无际地延伸着。夫子看得一阵眩晕，赶忙闭上了眼。

从那时起，夫子孔就染上了一种忧郁。他时常梦见那些迷宫似的管道，梦见那些银色的机器。它们变成了一副骨架，支撑着大地站起身，朝着天空奔跑而去。

有时候，影子的朋友们还会从远方赶来。他们都穿着黑色斗篷，却并不说话，也不喝茶，只是默默地坐在那里，似乎就明白了彼此的心思，然后起身离去。一旁的夫子孔，好像也能隐约感觉到点儿什么，虽不明白，却觉得非常惬意。

到了晚上，夫子就悬浮在圆球里，望着陌生的星空，想着心事。

历史发生了两百七十一次，每次都千奇百怪。

其中的第一次，回过头，“创造”了或者说重新找回了“失去”的另外两百七十次，并观察着它们。它们在独立的时空里运转，速度比“它”要快很多，它们的一百年，不过等于“它”的十天。它们每一个都同样真实，只不过，唯有对它自己来说它才是重要的。

人类已经毁灭了两百七十次，每次都悲惨至极。除了“它”，还没有一个能够延续不灭。

“它”唏嘘不已，它继续等待。

按照计划，这些实验本该还要再进行九千七百三十次。接着，埋在山底下的那些巨大的机器会思考上千个日夜，然后告诉你：道是什么。

这想法很妙。

不过，这些都不会有了。一场灾难正在“它”身上发生：一种叫作“渊”的东西正在银河中游荡，所过之处，尽皆吞噬。如今，“渊”正朝着这里飘来。

最真实的“它”，唯一的“它”，也行将终结了。

于是，人们决定彻底放弃这片星空，远走他乡。

道是什么，这个问题，也就不再重要了。记录被带走，其余都扔下不管了。失去了维护的机器，开始出现各种错误。它维护着的那片时空，也就一个个变得莫名其妙起来了。譬如说这次，由于什么引力系数一类东西出了错，泰山竟也成了机器的一部分，用它周围的树和石不断地运算着世界的秘密。而天竟成了世界的界限，一旦有人突破了界限，世界就崩解了。

阴差阳错，突破世界的人，却来到了“它”之中。

人类的第两百七十次灭亡，竟是因为自己。这犹如神话一样，令夫子孔不能相信。

望着天空中流淌的银河，夫子孔好奇地问：“之前的两百七十个我，是怎样的呢？”

夜空中慢慢亮起十几个月亮，连成一排，群星黯淡下去了。影子说，那是人造的月亮，里面住着人。不久以后，这些“月亮”就会飞走，永远不再回来。

沉默了一会儿，隐藏在夜色中的影子说：“都是有意思的人……”略停了一下，“但没有一个想过要去登天。”

夫子笑了，然后又有点儿难过。

偶尔，会有一道银色的光升上天，向着那些月亮飞去。

“你为什么不走呢？”夫子又问。

“呵……”影子沉思了一会儿，“我太留恋这里了。”

“这种时候，是容易染上怀旧病的。”夫子对此深有体会。

“是啊，所以就听天由命吧。”

“这里很舒服。”夫子由衷地感慨道，“在我们那边，不少人都梦想来这样的地方——衣食无忧，也没什么争斗。但他们想不到，还要等这么久。”

“确实，人类之前也遭遇过许多灾难，也有几乎彻底灭亡的时候，然而，总算挺了过来，才有了今天。这或许是我所见过的最好的年月了，如果没有‘渊’的话。”

深空中，有一个看不见的黑色劫难，正吞噬着星星，朝这里而来。

夫子很想知道在他“死后”的几千年都发生了什么，然而他忍住了好奇。因为心里有别的打算，所以他宁可不知道这些已然发生的“将来”的事。

“您要是愿意，可以跟他们走，他们倒很乐意。”影子笑了笑，“虽然过了这么些年，您在我们这儿可还是名人呢。大家都没忘记您，也都很尊敬您。”

“是吗？真想不到。”夫子摇头，“不过，还是不要走了吧。”

“那么您留下来吧，毕竟‘渊’还远，我们可能都等不到那时候了。”影子诚恳地说。

夫子沉默了片刻，望着远处黑黢黢的山反问：“那机器，会怎样呢？”

“它自己坏在那里吧。”黑影心不在焉地说。

“能修吗？”

“能，但已没有必要了，除非……”影子愣了一下，“您想回去？”

“唉……”夫子叹息了一声，有些惆怅，“这里的确是享清福的好地方，然而我总觉得自己在这里不合时宜。而且只要想起我的朋友和学生，我总是放不下啊……”

“可那些都已经……结束了啊……”

“话虽如此，但我觉得一切都还在着的。你不是说，可以从头来过吗？”

“哎呀，”影子从黑暗中飘过来，有点儿忧虑了，“‘记录点’倒是有，可以把您送回到毁灭前的某一刻，然后重新继续的……不过，您真要这么做吗？”

夫子目光炯炯：“那就有劳您帮忙吧！”

头顶上，一颗流星划过天际。

十二

凉亭边，溪水依旧清澈，但山花似乎不如从前那么茂盛了。凉亭里坐了一排影子，他们都是来送行的。

“机器只是勉强修好了，而且能量也不足，恐怕只够再撑一次。”影子交代着，“引力系数校正了，现在大可以随便去登什么山了。不过，说不准别的地方会不会有问题。”

“好。那么，这是最后一次了？”夫子问。

影子郑重地点点头：“再毁灭的话，可就没办法了。”

“这样也好。”夫子点点头，掂量了一下，“这样也好。”顿了顿，他又问：“你能把那边的速度再调快一些吗？”

“可以。”影子会意地一笑，“兴许在‘渊’吞没这里前，你们能想出什么好法子。自然，快还是慢，在那边是不会有什么感觉的。”

“只差了八千年，很快就会追上你们的。”夫子微笑着，似乎很有信心。

“但愿别出什么差池，少走弯路，否则就只有一起……”影子有点儿感伤了，遂举起茶，“能和您相逢，真是好事。”

“我也一样。”夫子说，笑着问，“您能把斗篷摘下来吗？”

“嗨，”影子摇摇头，“还是算了吧……”

“也好。”夫子将茶一饮而尽，“那么，您再为我弹一曲饯行吧。”

“好。”影子手抚着琴，想了一会儿，“《星》是当时的心境，如今已弹不出来了。我这儿倒有一个曲谱，是您那时候的，后来失传，如今找回来了。我请您听一听，曲谱您带不走，就请您记在心里吧。”

夫子笑了，又向着那排黑影点点头，走进了圆球中。

琴声扬起，天地都静穆了。

夫子孔闭上眼，心中一片安宁，伴着琴声，周围渐渐黑了下去。

夫子孔从梦中醒来时，太阳已经朝西坠去了。

他觉得周身乏力，精神也很困顿，所以就在那里呆坐着，偎着火炉，似睡非睡的，直到有人叩门，才清醒过来。

子路站在门口：“老师，季康子来了。”

夫子愣愣地，盯得子路都有些糊涂了。片刻之后，夫子露出一个微笑：“请。”

“泰山者，擎天之柱也。这东西穿了几百层云霄，顶着天呢，哪里是人能登的啊……不成不成！”

夫子默默地听着，也不应答，脸上却挂着满意的笑。这让季康子和子路都有些疑惑。

“……您毕竟是一代大师，万一有点儿闪失，我们都担待不起……话说您要是想散心，可以安排您旅游。我们还准备划出一块地，给您专心做学问……”

“太谢谢了，”夫子行了个礼，“那么，就不去了吧。”

季康子和子路登时都愣住了。

“与其那么辛苦，真不如做点儿别的事。”

“哎呀！您果然是圣人哪，就是通情达理！不像别的老头子，固执得要命……”季康子完全没料到事情会发生如此的逆转，想到自己面子这么大，高兴得有点儿口不择言，说完自己就后悔了。

夫子却并不介意，只和善地笑笑：“那就烦劳您给我划一块地，我准备盖两间房，办学堂。”

“好好好，就这么办，要强国，还得靠教育啊！”

季康子满心欢喜地走了。

子路却一脸的不悦：“我们百般劝，您都不听，当官的一说，您就立刻改主意，君子是这样势利的吗？”

夫子依旧不生气：“君子啊……唉，子路，你永远是这样……”

夕阳下，夫子孔独自站在黄河边上，望着滔滔的河水出神。

一个人慢悠悠地飘过来，夫子回头一看，笑了。

两个人矗立了一会儿，老聃开口道：“这些日子，你在做什么呢？”

“哎，我做了个梦呢。”

“梦见了什么？”老聃淡淡地问。

“梦见我去登了泰山，泰山是空的，顶上便是天，天是软的，像水一样。我一摸，天就裂开，世界就完结了。”

“那么，你明白‘天’的奥秘了吗？”

“我不敢这么说，但我看见了奇怪的东西。”

“是什么呢？”

“我在树干上看到了爻，在天上看见了阴阳。”

“唔。”老聃也不吃惊。

“我还梦见了天外的世界，那是几千年以后了。将来的人，也在求道，但仍旧不得。”

“哈。”

“我们这里，便是他们造出来的影。”

“嗬。”

“梦里有一个朋友，是一个影子，和您有点儿像。”

“哦。”

“我还梦见两首曲子，都是天籁之音，可惜梦醒了，就完全忘记了，只记得一首叫《星》，另一首叫《广陵散》。”

老聃不作声，杵在那里，如一尊雕像，堆满皱纹的脸上全无一丝波澜。一阵风把他稀疏的几根白头发和垂到耳边的白眉吹得乱颤，一身肥大的黄袍在风中飘摆不定。良久，他才开口：“这不是一个好梦，但也不是一个坏梦。”

“是。”夫子点点头，“梦里很舒服。”

“醒了呢？”

“很累，但也高兴。”夫子望着浑浊的河水，微笑着，“我还是不能无所欲求，但心比从前平静得多，所以能更刚正一点儿。”

“咳，这样好。”

“我打算办学堂，不只讲礼乐，也要找人讲算术、讲天文、讲水利、讲种田……这世界还等着我们，可做的事还多着呢。”夫子的眼里闪出快乐的光，“您愿意，也来。”

“我太老了。”

“那可难说。”

老聃没有应答，只露出一抹微笑。

两个人抬眼一起望着黄河，河水滚滚向前，夕阳正一点点沉沦，胭红色的晚霞染红了河水。晚风阵阵，吹乱了他们满头的白发。

后记

不应该从科幻小说中学习具体的科学知识，当然就更不该从中学习历史知识。熟悉历史和典故的人，自然可以明白本文中哪些事情借用了哪些典故，而哪些事情则是凭空杜撰。请各位宽容地来阅读，只希望它能为你们带来快乐。它只是一篇小说，而且真的是一篇科幻小说。

人生不相见

何夕

◆ 第22届银河奖杰作奖获奖作品

◆ 第2届全球华语科幻星云奖最佳中篇科幻小说奖金奖获奖作品

一、领路人

入夜的营地安静了许多，白昼里训练的喧嚣已经散去，这里是美国凯斯国家海洋保护区的基拉戈海岸。范哲警惕地扫视四周，因为叶列娜现在正在“工作”。怎么说呢，反正范哲现在算是叶列娜的同谋，门禁系统是他突破的，现在也是他在给叶列娜望风。按章程规定，档案馆网络与外界物理隔离自成一体，只有在内部才能调阅。严格说来，叶列娜就算进到里面也没法“调阅”，因为她根本没有取得相应的权限。叶列娜已经进入档案馆快一个小时了，也不知道情况如何。范哲可不想成为被好奇心害死的猫，再说他对那些档案也没什么好奇心，最多只是对叶列娜有那么一点儿好奇心罢了。不过虽然是在犯规，但范哲心里并无多少愧疚之感，其他学员都如期离开，偏偏留下他们两个人，而且找谁询问都是一句无可奉告。范哲还好点儿，只是一名工程师。叶列娜以前是特警，天生就是个惹事丫头，反正闲着也是闲着，正好练练个人的手艺。

范哲心虚地刚想四下张望，就在这时，他见到了那个人。范哲敢肯定就在一分钟之前周围都是没人的，估计刚才这家伙是隐身于某个角落。对方显然发现了自己，因为他正点头示意。问题是范哲心里有鬼，他强迫自己不要朝档案馆的方向望。

“这里真美啊。”来人应该是亚洲人，大概有四十多岁，脸上的皱纹宛如刀削。但他的语气让范哲觉得有些奇怪，因为这样的抒情语气像是一个青涩少年。

“当然。”范哲强自镇定地接过话头，“你刚才一直在这里……看风景？”

“我来了一阵儿了，大海落日很壮观，不是吗？”

“当然，你慢慢看。”虽然来人透着古怪，但范哲没有心思追究，心里只盼着这家伙早点儿离开。

来人望着黄昏的海洋：“宝瓶宫还在原来的地方吧？”

范哲悚然一惊，离海岸八公里外的海面之下就是宝瓶宫。宝瓶宫始建于 20 世纪 80 年代，是元老级的宇航员训练设施。其生活舱和实验室就建在一个深海珊瑚礁旁边。宝瓶宫长十四米、宽三米，重约八十一吨，建在二十七米深的水下，模拟了空间站的各种生活条件。许多年来，它的面积一直保持在四十二平方米，并非是技术上无法扩建，而是刻意保持与太空居住环境的相似性。其生活设施当然是很齐全的，但是想象一下让人在这里待上几百个小时（所谓的饱和潜水技术）会是什么滋味吧。宝瓶宫主要是为了训练宇航员的太空运动能力，但显然对宇航员的心理素质也是一个考验。据说在未公布的档案里就有宇航员长期幽闭后出现精神疾病被淘汰的记录，当然，这样的资料不是一般人能看到的。不过范哲知道，也许再过一会儿自己就能目睹那些神秘的资料了，希望叶列娜一切顺利。

“您是新来的教官？”范哲试探地问。

“不。”来人意味深长地摇摇头，“很多年前我是这里的学员。”

“啊？”这回轮到范哲吃惊了，刚来时就有人向教官问及以往学员的现状，但被告知这属于机密。而现在居然来了一个活的。

“不用怀疑。”来人淡淡开口道，“不过我出现在你面前属于特例。”

“为什么告诉我这个？”范哲不禁有些紧张，出于本能他也明白某些事情知道了不见得是好事。

“因为我们将一起合作。”来人眼里闪出洞悉一切的光芒，“你、我，还有叶列娜。自我介绍一下，我是何夕。你们之所以一直待在基地，就是在等我，因为我是你们的领路人。”

范哲的嘴微微张开，样子有些傻。这时，他手里的电话响了，上面显示出一条正在传输资料的进度条。看来叶列娜已经有了收获。

“跟我来吧。”来人说完大步朝前。

“去哪儿？”范哲不知所措地问。

“当然是去档案馆。你通知叶列娜终止行动吧，我会解开你们心中的谜团。”

二、参　宿

档案已经发黄。

在恒星际时代，突然出现“纸”这种东西的机会是极少的，这只是因为在个别场合按照规定必须使用所谓的“硬”拷贝材料。何夕早已从电脑中知晓了档案袋里的内容，但现在，他仍然必须在办理完烦琐的手续后从机要员手里接过它。蓝色的菱形印章覆盖在档案的封口处，代表着某种至高无上的权威。印章已经有些斑驳，五十多年的时光顽强地在上面留下了自己的力量痕迹。其实所有人都知道，真实可靠的文件内容只能通过电子副本获得，因为在这个时代，只需入门级的原子组装技术便可以假乱真地复制出连同这个印章在内的全部纸质档案，谁也不敢确定手上这套东西就是以前封存的原件。只有基于数论的电子加密技术才能完全确保文件的安全。但这并不妨碍何夕一脸郑重地抽出文件从头阅览，因为这是规定。

看着那些文字，何夕心里涌动出一丝难以言说的情绪，他知道二十年前的那个人也曾经翻阅过这套编号为“145”的档案。范哲和叶列娜亦步亦趋跟在何夕身旁，脸上的激动无法掩饰。何夕瞄了眼范哲，不禁想起当年的自己何尝不是一样。何夕知道，他们俩能跟随自己进入这里看到乐土计划的档案，的确是一件不容易的事情，这意味着他们至少要淘汰掉两千名的竞争者。但何夕不知道，当这两个年轻人下一步完全明了自己的使命后，是否还能像现在这样志得意满。从道理上讲应该影响不大，至少何夕知道，在测试题目中已经隐晦地暗示了某些线索。

“好了。该进入正题了。”何夕示意两位年轻人坐下，“从拆开这份文件开始，我们三个人就算是正式加入乐土计划了。或许你们也知道一些内情，但我还是按规定从头说起，因为我是你们的领路人。在未来这段时间里，我将陪伴你们，直到任务完成。”

“还是不用了吧。”叶列娜突然打断何夕，“基础的背景知识我刚刚在电脑里看过了。”她转头看着范哲，“我还传给你看了的。”

范哲有些错愕，他没想到叶列娜竟这样坦诚。本来他只是抱着试一试的心理，没想到叶列娜真能有所进展。

这回轮到何夕吃惊了，乐土计划属于联邦绝密级，他有些狐疑地看着这个斯拉夫血统、头发微卷的女孩。他知道叶列娜有过特警的经历，但没想到她居然还是一名技术超群的计算机黑客。

“你不用怀疑。”叶列娜落落大方地开口道，“我潜入档案馆，用自己写的一个工具软件搜索到了系统的小漏洞，从而看到了少量密级不高的资料，但也到此为止。总体来说，那个什么乐土系统还是非常厉害的。不过所有事情是我一个人干的，与范哲无关。”

何夕不动声色地问：“那你们知道些什么？”

叶列娜似笑非笑地答道：“至少我知道了我们这趟旅程并非一般的考察，和其他人所知的不一样，这条航路曾经发生过重大事故，充满未知的危险。”

“你……”何夕顿时语塞。眼前这个文弱的女孩显然具有与她外表不太相称的内在力量，她无所畏惧地对视着何夕的双眼，竟然使得后者生出一丝躲闪的念头。一旁的范哲保持着沉默，但看得出来他是站在叶列娜一边的，他看着叶列娜的眼神混合了欣赏与关心，甚至还有隐隐的依恋。这也难怪，他们一起接受训练，特别是这最后一个月他们一直单独相处。何夕心中一凛，这是一个让人感觉不好的苗头。

“恐怕基地的头儿也是有所顾虑吧。”叶列娜幽幽地开口，眼里有洞察的光芒闪现，“我们这次考察本该在一个月前开始，但一直拖到现在。其实基地并不缺领路人，却专门将你从四十六光年之外召回来，因为你比他们有经验。”

何夕颓然跌坐。叶列娜说得没错，这次行动的确非同寻常。接到基地的命令，何夕也相当意外，从来没有人会第二次执行乐土计划，这是没有先例的。二十年来，何夕一直生活在天蝎座渤海星。天蝎座 18 号星距离太阳系四十六光年，地球天文学家很早就开始关注这颗恒星，原因在于它和太阳实在太相像了，几乎具有相同的年龄、质量、直径，甚至表面温度，就连自转周期也非常接近，都为二十五天左右。这颗位于天蝎座左螯上的恒星理所当然成为人类优先纳入考察计划的星球。所以“虫洞通道”刚刚进入成熟阶段，人类就向天蝎座 18 号星发射了探测飞船。正如英谚里常说的“坏运气连着坏运气，好运气连着好运气”一样，人们惊喜地发现，这颗恒星的第二颗行星竟然具有良好的生态环境，最可贵的是，经过后续的仔细探查，发现这颗行星上还没有进化产生具有智能的生命体。一句话，人类中大奖了，奖品就是一颗直径一万一千公里、后来命名为“渤海”的生命星球。

但是叫他怎么对叶列娜说呢？这两个年轻人可能知道一些事件的轮廓，但以他们现在的心境，怎么可能体会到那些事情背后的鲜血与生命的分量？是的，他们太年轻了，他们只是好奇，只是对世界上的未知充满向往，却不明白人生一直行进在雷区之中，无法察觉的灾难随时可能吞噬一切，经历过危险的人才能加倍珍视生命。其实为了执行这次任务，基地总共向十二位“老人”发出了非强迫性的召集令，但最终只有何夕一个人接受了命令。

“先生，你怎么了？”范哲关切地问，作为一名工程师，他不像叶列娜那样咄咄逼人。

“没什么。只是渤海星的氧气含量略高于地球，我这次回来时间不长，还没完全适应。”何夕抚了抚有些气闷的胸口，“其实就算你们没有突破系统，有些事情我也是会告诉大家的，所以我不打算将这件事情上报。当然，我会提醒他们系统出了漏洞。不过也请你们不要再对其他人提起这件事，好吗？”

叶列娜的目光在何夕脸上停留了一秒钟，声音突然变得低缓：“谢谢。”

“还是让我们说说里海星的事情吧。”何夕戴上数字手套，房间里顿时暗下来，一幅全拟真的星图浮现在半空中。淡淡银河垂地，仿佛某个超级巨人的信手涂鸦。“看那里，猎户座，也就是中国古人所说的参宿。”

何夕手指微动，星图在急速地拉近，“这颗编号为 HP26762 的红色恒星距离地球一百六十八光年，光谱类型 F，太阳为 G，所以它的表面温度略高于太阳。”

镜头拉近，红色的灰尘被放大，显出模拟的细部结构，可以看见丝丝缕缕的日饵偶尔喷吐出星球的表面，宛如条条纱巾。那是另一颗光明星球，是太阳远在亿兆公里之外的兄弟。何夕注视着这颗美丽的空中宝石，眼里有种难以描述的神情，即使以范哲的粗疏，也能看出这个中年男人分明对这颗远在一百六十八光年之外的星球有一种奇特的情感。叶列娜记下了这一幕，她隐隐觉得此次的任务透着一些诡异。

“恒星 HP26762 的第二颗行星就是里海星，它是在五十多年前被发现的，在例行的二十年观测实验期后被正式纳入乐土计划。里海星形成于三十亿年前，比地球年轻。它和地球的主要差别在于，它的铁镍质核心偏小，这导致地核冷却速度更快，虽然只过去了三十亿年，但它现在的地磁强度只有地球的二分之一，而且目前还在继续以每年亿分之一的速度减少。将来里海星也会像火星一样彻底失去磁场保护，到时候在恒星粒子流作用下，它最终将失去绝大部分液态水。不过那是二十亿年后的情形，在未来几亿年内它依然算得上人间的‘乐土’。”何夕按照例行规定做着介绍。

“等等。”叶列娜插话道，“HP26762 恒星表面温度高于太阳，里海星的磁场又弱于地球，那上面的恒星辐射一定比地球更强。”

何夕赞同地点点头：“准确地讲，里海星表面的平均恒星辐射强度是地球的两倍，在两极地区还要高得更多。我看过当年里海星传回的极地照片，某些时候在极光辉映下，夜晚就像白天一样。实际上，在里海星三十度左右的低纬度地区，偶尔能看到极光，这就好比在上海市看到北极光。”

“那肯定很美。”范哲露出悠然神往的表情。

“当然，可以毫不夸张地说，美得令人呼吸不畅。”何夕淡淡一笑，“但可惜我们欣赏不了多久。高能粒子会让我们的眼睛很快患上白内障，我们的骨髓细胞会被迅速摧毁，接下来便是顺理成章的结果——死亡。”

“所以才需要先行者，对吧？”叶列娜插话道。

何夕这次没有表现出诧异，他料到叶列娜已经查到了先行者的资料：“是的，先行者率先登陆并征服这些星球，如果有可能，他们还承担着改造星球环境的任务。总之，先行者是值得我们永远尊敬的一群人。他们为人类的美好前途付出了一切……”何夕陡然止住，脸上浮现出萧索之意。

叶列娜与范哲面面相觑，何夕凝视着虚空中的猎户座群星，心里不禁滚过一阵悠长的感叹。在一百六十八光年的时空阻隔之下，彼端已然是另一个世界。

“资料里提到了通道事故……”范哲小心地提起话头。

何夕从短暂的失神中回过神来："是的，通道，那是一次事故。在发现里海星的时候，虫洞技术已经非常成熟，人类在坐标点之间的跃迁有过无数成功的经验。虫洞技术的基石是引力，正是靠着对强大引力的精确操控才能将空间'穿孔'，从而实现超距跃迁。虽然虫洞跃迁的理论耗时为零，但在实际中至少要维持十五秒稳定态，才有足够时间完成一次操作。不过，虫洞的理论基石已经隐含着虫洞跃迁的一个危险，虫洞总是成对儿出现的，而如果在虫洞对之间的直线空间上存在着强引力物体，那么在跃迁之前就必须考虑到这种引力的影响，将其代入计算公式中，否则建立的虫洞对将陷入紊乱状态，跃迁目的地将变得无法预料。"

叶列娜插话道："的确，这种情况下，一旦误入巨星系的核心区域，肯定会导致灾难性后果。"

何夕摇摇头："你说的情况并不常见，就总体而言，宇宙中物质的分布非常稀薄。现在发生的几起事故是另外一种更复杂的情况。"

"什么情况？"范哲问。

"偏移并不只发生在空间上。"何夕神色凝重地说，"第一艘事故飞船发现自己偏离预定地点约二十光年，当他们和地球建立量子通信之后，才发现虽然他们只感觉过去了一瞬间，但在地球上，时间已经过去了四个月，人们当时都以为他们遇难了。所以他们是同时在空间和时间上都出现了飘移。"

"他们穿梭了时空？"叶列娜倒吸了口气。

"'穿梭'这个词容易导致误解，没有人能够回到过去，只可能往后飘移。"何夕接着说，"根据事后分析，这种效应相似于物质以光速运动时的情形，对他们而言，时间停止了。迄今为止，相同的事故发生了六起，有的是几个月，有的是几年。最长的一起失踪事件已经过去了六十年，至今没有消息，而且可能永远都不会有消息了，他们很可能已经被巨恒星吞噬了。"

“里海星任务也是事故之一，对吗？”叶列娜幽幽地问道。

“是的，就是猎户座里海星。”何夕点头，“也是我们这次的目的地。”

“这种威胁来自黑洞吗？”范哲插话道。

“并不是那么简单。”何夕缓缓摇头，“在现有技术条件下，虫洞对之间的距离不能超过十光年，所以去某个外太阳系的行程实际上由一系列的跳飞组成。而对强引力物质的探查，就是建立航道中最重要的一项工作。十光年区域虽然是非常广阔，但现有技术对于包括普通黑洞在内的强引力源的探查是很准确的，唯独对那些形成于宇宙大爆炸初期的微黑洞束手无策。这些太初黑洞非常小，有的视界还不到一微米，具有的引力却很强大，要完全排查极其困难。好在这种特殊结构并不常见，而且根据计算，单个微黑洞并不足以扰乱虫洞对的运行，除非是遇到散布的微黑洞群落，总体而言虫洞跃迁依然是安全的。实际上在事故之前，已经往里海星成功发射过多艘飞船，一切运行正常。”

“资料上讲，飞船成员发回了遇险信息。”叶列娜开口道，“是在出发后三个多月的时候。当时他们不仅在时间上飘移了六十多天，而且还在空间上误入了一颗超强辐射脉冲星的势力范围。当时两名男性成员已经死亡，最后那名女性成员发出航线上存在高危险微黑洞群警报信息之后也死了。”叶列娜注意到何夕脸上难以掩饰的痛苦，“这直接导致前往里海星的航道自二十年前中断至今。”

“是的。”何夕调整一下情绪，“航道的重新探查是一个漫长的过程，尤其是在已经发生了悲剧的情况下。现在的新航道在距离上远了一些，但应该能够绕过那个可怕的微黑洞群落区域。”

“能确定是微黑洞造成的事故吗？”叶列娜探究地问。

“这个，当然了。”何夕有些诧异地看了眼叶列娜。

“可是后来并没有确切发现微黑洞群落的消息，现在新航线只是绕道而已。为此居然白白耗费二十多年时间……”叶列娜突然止住，因为她发现眼前的何夕陡然间已经变成了另一个人。

“你说什么？”何夕瞪大双眼须发贲张，“你有什么资格怀疑于岚的判断？这是她付出生命代价才得到的结论，你……”

叶列娜忙不迭地道歉，她也觉得自己的怀疑有些过分：“对不起，我只是有些好奇。”

何夕撑住额头，二十年了，一切仿佛昨天才发生，包括于岚最后那凄美的微笑。

三、商　宿

休斯敦宇航中心一派繁忙，里海星飞船将在这里升空，进入外层空间后再转入虫洞飞行。虫洞飞船的主体就像是一颗巨大的枣核，周围悬浮缠绕着三个交叉的线圈。领路人马维康带着他的组员加腾峻和于岚一字排开站在飞船前面，接受人们的祝福。

何夕面无表情地注视着站在飞船前面的三个人，准确地说，他的目光只是落在那个娇小的身影上，心里麻木得没有一丝感觉。就在昨天之前，他的心还被幸福的憧憬填得满满的，而现在一切都已无法挽回。

是的，就在昨天，何夕当时刚刚从减压舱出来。在宝瓶宫受训的宇航员由于长时间生活在水下，他们的身体体液被高压氮气所充斥，在返回海面前要进行十七小时的减压，这是最让人难受的环节。何夕一出减压舱禁不住仰头深吸一口气，感觉自己这才算活过来了。等他再次平视前方时，一眼便看到了于岚那俏生生的身影。

绿树，草地，衣袂飘飘，这是一道风景。

于岚扬起脸，有些调皮地看着何夕：“谢谢你这段时间对我的照顾。”

“咱们的生物学博士什么时候变得这么客气了？”何夕略显木讷地笑笑，他们前后相差十天进到宝瓶宫，在那里共同训练了二十天。其实何夕觉得应该说感谢的是自己，因为自己晚到十天，是于岚告诉了他许多有益的经验。不过，在一起突发事故中，也的确是何夕帮助于岚脱离了险境。

“我是来同你道别的。”于岚轻声道，她低头看着地面。

何夕有些意外：“道别是什么意思啊？我们可是分在同一个组的，应该是半个月后一起出发吧。”

“基地做了调整，给我改派了别的任务。”于岚黑白分明的眸子里闪过难以言说的神色，一种痛楚的感觉在这一瞬间从她心头划过。二十天前的一次训练中，于岚的潜水设备发生了紧急故障，何夕没有任何犹豫地把自己的呼吸器拉开接驳到她的面罩上。那一刻，于岚心里某个最柔软的地方被深深触动了，她没想到，这个世界上真的会有一个人视她胜过自己的性命，她本以为这样的情节只存在于赚人眼泪的小说里。那是一种天雷勾地火般的触动啊。

“哦，怎么会这样？”何夕语气里有难以掩饰的失望，他觉得自己的心正在往下沉。

于岚咬住下唇，叫她怎么跟眼前这个比自己小一岁的大男孩说呢？其实正是她自己要求改派的。十天前，当她回到基地知晓了任务的全部内容后，她只能做这样的选择，等何夕知道真相后，应该也会同意这是最好的选择吧。这个世界上有许多很伟大很崇高的东西，跟它们比起来，爱情虽然美丽，但只是一件渺小的装饰品。于岚想到这一点的时候，突然觉得有一丝什么东西从身体里被抽了出去，渐行渐远，仿佛多年前的某一天，她眼睁睁地望着心爱的布娃娃飞出了列车车窗。

“再过二十四个小时，我就出发了。”于岚脸上挂着空洞的笑容。

“我们以后还能见面吗？”话一出口，何夕就发现自己问得太蠢。刚受训时他们就被告知，不同小组成员的后况将列为机密，彼此是无缘再见的。

“知道我要去哪里吗？”于岚的声音像风铃一样动听，“是位于猎户座的里海星，中国古人所称的参宿。而你要去的渤海星位于天蝎座，中国古人称之为商宿。”

何夕陡然间明白了什么。人生不相见，动如参与商。参星在西，商星在东，千百年来，地球上的人们从未同时看到过参宿和商宿，当一个上升，另一个便下沉，永世不能相见。

于岚的心里也滚过宿命般的浩叹，十天前她只是请求改派任务，到里海星是上面的人定的，却那么不可思议地映照到千年前的诗句里，仿佛冥冥之中真有天意的存在。

……

送别的人一一上前告别，祝福三位人类的勇士。这时，领路人马维康注意到了于岚的沉默，“我们基地最美丽的女士不想对大家说点儿什么吗？”

于岚被突如其来的提问从失神中拉回，她静静地巡视全场：“谢谢大家来送我们。其实，我要说的话昨天已经说完了。”于岚望着人群中的何夕，脸上是一抹带泪的笑容。

何夕嘴唇翕动，那是只有他们两个人才能听到的诗句：“人生不相见，动如参与商。今夕复何夕，共此灯烛光。”

是的，这就是人生的宿命。当昨天何夕第一次打开属于他自己的渤海星任务档案时，立刻就明白了于岚做出的是怎样的决定，他现在赶到发射场只为最后与于岚告别。这并不是什么一般性的考察任务，在那个无比崇高的目标之下，需要他们付出很多，其中就包括——爱情。

四、水星球

预定目的地设定为距渤海星六十万公里的外层空间，这是为了尽量避开渤海星两颗卫星的干扰。作为领路人，何夕完成了百分之九十以上的操作。每一次十光年跳飞后的方位确认、航道修正以及能源补给，需时约两天。其实一切都是在计算机程序的安排下进行，领路人所能做的也不过是摁下确认按钮，这虽然只是一个表象，却让人觉得仿佛是自己在掌握着命运。何夕摆摆头将这个念头甩开，拇指毅然摁下，启动最后一次跳飞。

三十五个地球日之后，虫洞飞船突兀地出现在渤海星的外层空间，就像一个从遥远虚空中钻出的幽灵。防护罩缓缓打开，母星明亮的光线经过过滤之后照射进来。叶列娜和范哲迫不及待地解开束缚，飘移到舷窗旁，里海星巨大的身影悬浮在远处漆黑的深空中，像是一只绘满蓝色花纹的瓷盘。

是的，蓝色覆盖了里海星的全部表面，这是一颗没有陆地的水星球。虽然这是从资料里已经知道的事实，但同地球的巨大反差，还是让人一见之下难以相信自己的眼睛。

“真美啊。”叶列娜如痴如醉地赞叹道，“哎，范哲，你看它像不像一颗矢车菊蓝宝石？”

“真想把它镶嵌在一颗戒指上送给我的新娘。”范哲幽幽开口，“不过它真的太奇特了，竟然没有陆地。”

何夕的动作比年轻人慢了半拍，他凝望着里海星，一时间心潮起伏：“里海星并不奇特，恰恰相反，是地球更奇特。”

“你说什么？”范哲不解地问。

“宇宙中的行星无非两种，要么有液态水，要么没有。相比之下，存在液态水的行星是小概率事件，根据现有资料来看，概率小于一亿分之一。因为这要求行星具备一系列极难满足的条件，比如行星与恒星的距离、恒星所处的年龄阶段、行星自转的速率、行星的质量及引力大小，以及大气层厚度等等。这些条件的苛刻程度，足以与宇宙常数所具有的奇异精确程度相提并论。你们想想看，在太阳系里存在那么多行星、小行星以及卫星，但确定拥有液态水的却只有地球。”何夕耐心地讲解，“但另一方面，由于宇宙无比巨大的物质数量，存在液态水的行星数量在实际上却又是一个天文数字。而在数以十亿年计的时间条件下，如果我们认可生命的自发论是正确的，那么，液态水和生命存在几乎就是一个等同的概念。所以一般性的看法是，宇宙中生命绝非地球所独有。”

“这个我大概是知道的。”叶列娜插话道，“可刚才你说地球才是奇特的又是什么意思？”

“你们应该知道，地球表面百分之七十一是海洋，百分之二十九是陆地。我的意思是，在拥有液态水的星球里，这是一种非常奇特的小概率现象。”

叶列娜和范哲面面相觑，表情都有些发呆。

“实际上，水这种物质在地球总的物质中占有比例相当低。这些水大致有几个来源：地球形成时的太初尘埃、数十亿年来引力俘获的星际水分子、撞击地球的小行星或彗星带来的水分。正是这些极其复杂的来源共同形成了地球上现在的水分。地表水的重量不到地球重量的万分之六，地核中则基本可以肯定没有水的存在。为了测出地幔的情况，公元 2002 年，日本的研究者在高温高压环境下创造出四种和地幔矿物相似的化合物，然后向这些化合物灌水，测试它们吸水后重量的变化如何。结果表明在地幔处溶解的水是地表水量的五倍多。所以地表水的重量加上地幔水的重量，水占地球重量的比例约为千分之一。这是一个非常低的比例，我们完全可以想象水占比高得多的行星，理论上甚至不能排除百分之百由水构成的星球，有些小行星和彗星的构成比例差不多就是那样的。那么从道理上讲，在所有存在液态水的行星上，水重量占比小于千分之一也是稀有事件。也许在一百个这样的行星中，九十九个都比地球的含水量大。”

范哲听得有些发呆，叶列娜也罕见地保持沉默。

何夕笑了笑：“别这样看着我，要知道我的专业就是天文学，我当年的毕业论文就是研究地外含水行星的，题目就叫‘水星球’。让我们回到正题吧，即使以千分之一这样低的占比来看，海洋也占据了地球的大部分表面。如果我们假设某个行星的水重量为星球总重量的千分之二，那么按照一般化的原理来看，大陆其实已经不大可能存在了，个别岛屿有可能存在，但如果行星含水比例再上升一点儿，它们也将完全消失。也就是说，我们有理由认为对于所有存在液态水的星球来说，大片陆地的存在只是一个小概率事件，而表面基本被海洋覆盖才是常态。实际上迄今为止，在现在人类发现的两百多颗地外生命星球中，只有一颗星球具有大片陆地。”

“在哪里？”叶列娜按捺不住地问。

“就是我生活了二十年的渤海星。它的表面百分之九十被海洋覆盖，具有一片面积接近亚洲的大陆。当初发现它时，引起的重视是空前的，地球委员会启动了最紧急预案。”

“为什么？就因为它有陆地？”范哲插话道。

“还能有别的原因吗？就是因为陆地。”何夕肯定地点头。

五、乐观派

飞船已进入近地轨道。从这里看过去，里海星已经覆盖了大半个视野，它静谧地转动着，丝丝缕缕的云带间断连环，勾勒出大致的大气运动图案。叶列娜扫了一眼控制台，信号已经发出，但还没有收到任何回应，这显得有些不正常。虫洞跃迁结束后是一段常规航程，大约四天后才能抵达里海星，宇航员接受的培训就是为这种常规航程准备的。叶列娜转头欣赏着舷窗外的风景，她已经知道由于没有大陆，里海星的气候是比较温和的，除了在赤道附近偶尔形成台风外，基本上没有极端的气候状况；由于没有大陆的阻拦和消减效应，台风在里海星的存续时间比地球长很多。就算是台风也不会对绝大多数生灵构成威胁，巨量的液态水保护了所有的生灵，但是，这真的是一种保护吗？

“我还是怀疑水星球不能永远封锁智能生命的产生。”叶列娜看着何夕，“如果时间足够，也许生命会找到一条我们未知的进化道路。”

“我以前也这样想过。但你能告诉我在水星球上怎样得到火吗？不是稍纵即逝像闪电的那种，而是持续不断能被使用的火！”何夕的声音低沉下去，“燃烧的三个条件是有可燃物、与氧气接触、温度达到可燃物着火点。水中没有游离氧，而且水温也低于多数可燃物的着火点，自然条件下无法获得火。至于现在人们实现的水下燃烧实际上是基于精巧设计的机器，这种火其实是智慧的产物了。”

叶列娜泄气地摇头。她当然知道火对于智能生命进化的意义。那可不仅仅是提供保护和熟食，包括锻烧器具、冶炼金属，以及后来人类的化学物理等一切科技，没有一样不是发端于火的应用。

“以前有种观点，认为人类作为智能生命的标志是人的大脑与体重的占比是最高的，但现在知道宽吻海豚的这个比例是大于人的。但几百万年来，宽吻海豚也没能产生自己的文明，最多算是有些社会的雏形罢了。”何夕接着说道，“所以你们现在可以明白，当年发现渤海星时地球联邦为何如临大敌了，因为大陆的存在有利于智能生命的产生。不过只是虚惊一场，渤海星没有高智能生命存在，那里最高级的物种是一种生有脊椎长着八条腕足的陆地章鱼，智力接近地球上的长臂猿。如果人类更晚发现渤海星，这种生物可能会成为星球的统治者，但现在它们的腕足是渤海星的一道名菜。”

叶列娜心中不禁涌起巨大的骄傲与幸庆。如果认可何夕的观点，水星球对生命的保护实际上是一种对生命永恒的禁锢。处于这颗蓝色星球的上空，叶列娜知道这几天与领路人的交谈已经彻底地改变了自己。她几乎是有生以来第一次意识到生而为人是一件多么奇异的事情，或者按何夕的说法，是一件概率多么小的事件。

“但为什么人类会这么害怕另一种智能生命？难道不能成为朋友吗？”叶列娜吐出心中的疑虑。

何夕古怪地笑了笑：“其实在这个问题上，一直存在悲观与乐观两派。悲观派认为宇宙间的智能生命一旦相遇，将立即导致落后的一方被掠夺、杀戮乃至灭绝。现在这种观点获得了不少人的认可，是主流。”

“那乐观派呢？”叶列娜急切地问。

“我就是乐观派。”何夕注视着叶列娜的眼睛，“这也许和我自己的天文学专业有关。但是现在，我的这种观点出了点儿问题。”

“我不太明白你的话。”叶列娜蓝盈盈的眼睛里写满了好奇。

“我们乐观的原因只是因为宇宙本身的宏大。离地球最近的恒星系是四点三光年之外的比邻星，但它是一个引力系统非常复杂的三星系统，行星根本无法稳定存在。而已知的拥有行星的恒星都离地球十光年以上，但基于生命产生和进化的苛刻条件，这些行星上面恰好拥有智能生命的可能性几乎为零，上百年来地球上最强大的射电望远镜还没有从这些星球上接收到一丝有意义的信号，这实际上已经基本否定了地球周围数十光年内存在智能生命的可能性。”

“那再远一些呢？”范哲插话道，“可观测宇宙的范围可是超过一百三十亿光年。”

“再远一些当然会有可能。”何夕肯定地说，“虽然智能生命产生概率极低，但由于宇宙物质的无比巨大，所以拥有智能生命的星球是一定存在的，而且其中很多的科技水平肯定超过了地球人。那么问题来了，如果这些科技水平更高的外星种族来到地球，它们会干什么？”

叶列娜和范哲对望一眼，都老实地摇了摇头。

“乐观派的结论是它们什么都不会做。因为对于能够跨越成千上万光年距离的高级文明来说，地球以及现阶段的所谓人类文明除了有一点儿观察意义之外，根本就没有任何用处。这样的超级文明早就洞悉了物质的全部秘密，也许它们为了来到地球看一眼随手便熄灭了上百颗太阳大小的恒星，这样的种族又怎么会在意地球这颗沙粒上的那丁点儿所谓的资源呢？”何夕露出一丝戏谑的笑容，“我常想这就好比人类建造了能抵抗深海高压的高科技潜艇，来到大西洋海底烟囱观察那些靠硫化物生存的管虫，如果管虫中也有悲观派的话，它们一定会惊呼：糟糕了人类来抢我们的硫化氢和美味酸水了。”

叶列娜扑哧一下笑出声来，何夕的比喻让她忍俊不禁，她当然知道人类的屁里就充斥着硫化氢。不过她想起一点：“那你为什么说自己的观点出了点儿问题呢？”

“是虫洞。”何夕的表情转为严肃，“都是因为虫洞这种超越了时代的技术，至少我认为这种技术提前让人类进入了本来还不到时候进入的领域。”

“我有些明白了。”叶列娜点头，“这种技术可能让在文明上还不够成熟的种族发生碰撞，也许会导致悲观派们预见的结果。”

“还没有回信吗？”何夕转头问范哲。

“的确没有收到回信。”范哲很肯定地报告，他已经全面检查了设备。作为一名合格的工程师，他很相信自己的能力。“哎，等等，有信号答复。”

何夕和叶列娜急速地飘过来，他们的目光都锁定在了屏幕上。

“里海星纪元 52 年 6 月 13 日，这里是里海星接引驻地，先行者欢迎来自地球的客人。驻地坐标东经一百一十五度，北纬三十度。重复一遍：东经一百一十五度，北纬三十度。”

“登陆飞船准备就绪，请领路人指示。”范哲掩饰不住心中的激动：有生以来将第一次登上另一颗星球，这是多么奇妙的境遇。

但是何夕却微微蹙眉，仿佛正面对一件奇怪的事情，脸上阴晴不定。

“范哲留在主船，我和叶列娜登陆。”

“为什么？”范哲失望地问，“按章程我也应该下去的。”

“你的任务是立刻对整个里海星建立毫米级扫描观测。”

“计划书里根本没有这一条啊。”范哲大惑不解。

“这是命令。”何夕面色阴鸷，口气不容置疑。

六、驻　地

驻地像一片漂浮在无边池塘里的巨大树叶，登陆舱渐行渐近，在“巨大树叶”的映衬下像极一只小小的瓢虫。这时，驻地的表面隙开一道窄缝，吞下登陆舱。

面前居然是一片浅丘草地，不知名的野花绚丽绽放，小溪淙淙流淌，一只草原黄鼠“嗖”地从旁蹿出，惊起几只蚱蜢，在里海星相当于地球三分之二的引力条件下自在飞行。一幢四面透明的房子很突兀地矗立在平地上。

一个满头银发、皮肤黝黑的高个子从房子里缓慢地走出来：“欢迎你们，我是李高。”

“你好。”何夕淡淡点头，“可以告诉我你的先行者编号吗？”

来人沉默了一下：“当然，我是里海星先行者 42 号。”

“那好，42 号，我们能够到大船上去吗？”

“现在还不行，大船在圣地。”

“圣地？”何夕疑惑地问，“那是什么地方？”

来人的语调变得庄严：“圣地是世界上最美丽的地方。”

何夕用眼角的余光扫视了一下自己手臂上的扣子，那是一个发射机，此处的一切情况都已经传送到了虫洞飞船。他说：“我想看看这个圣地，请带我们过去。”

来人再次沉默了一秒钟：“好的，我去安排。现在请你们在此等待。驻地的环境和地球相似，领路人应该知道的。”

看着来人进屋的背影，叶列娜刚想开口却被何夕止住，他取出仪器四下扫描确定没有监视之后开口道：“你马上联系范哲，让他准备建立和地球的量子通信。”

“现在就准备吗？”叶列娜吃惊地问。虫洞飞船携带有一组用于量子通信的电子，保存在接近绝对零度的超低温环境中。它们都是一对双生电子中的一个，对应的另一组电子留在了地球上。双生电子诞生于纯粹能量的碰撞，呈现出量子纠缠态，由于泡利不相容原理，它们的物理状态永远是相反的，这便是超空间量子通信的理论基础。量子通信要求的能源巨大，实际上虫洞飞船只能支持最多两次量子通信。按照规定，第一次量子通信应该在登陆第七天初步掌握目标星球总体情况后进行，所以何夕现在就要求做好启动准备，的确让叶列娜感到不解。

“我觉得有必要。”何夕的语气十分坚定，“里海星让我有种不安的感觉。”

叶列娜环视风景怡人的四周，不明白何夕指的是什么。但她知道何夕曾经执行过渤海星任务，这样说一定有其道理，她需要做的就是执行命令。

“我也觉得那个先行者有些傲慢。”叶列娜四下张望，“不过这里真的布置得和地球没什么差别，他们为迎接我们是用了心的。”

“这只是章程的规定。”何夕冷冷说道，“按照《乐土宪章》，先行者必须在本星设置一处面积不小于一平方公里的类地球环境，作为星球政府的永久驻地。里海星还没有到设立政府的时候，这里应该是驻地的前期雏形。”

“我知道这部宪章，上面的规定都很死板。”叶列娜有些不以为然地撇嘴，“比如政府驻地这条，里海星明明是一颗水星球，像这样永久性地维持一块地球环境肯定不容易，如果换成我，我也有意见。”

何夕心中涌起面对淘气的晚辈时的那种宽容，但他的语气却依然不容辩驳：“《乐土宪章》是整个计划的核心，第一条就明确规定宪章不容违背，否则被视为人类公敌。”

“这么严重？”叶列娜吐吐舌头，“我看宪章细则里面有些很细的规定，那些也不能违反吗？”

“我知道你指的什么，那些规定的确很烦琐，但却是乐土计划顺利施行的保证。”何夕了解地点头，“比如刚才的先行者 42 号，你看出他同我们有什么不同了吗？”

叶列娜摇了摇头：“只是觉得他的皮肤颜色较黑，但比地球上的中非班图人要浅得多，这应该是因为适应恒星辐射的缘故吧？别的好像没什么了。”

“难道你忘了里海星是一颗水星球吗？”何夕问，“这些先行者大部分时间生活在水下，他们都有鳃，那才是他们的主呼吸器，肺只是辅助器官。”

“对啊。”叶列娜恍然大悟般叫道，“可是怎么没看到呢？”

“这便是缘于《乐土宪章》的相关原则。”何夕说，“比如大熊座黄海星的引力是地球的两倍，很明显人类必须经过改造才能在上面生存。黄海星的原生生物都普遍矮小，身体多呈扁平状。先行者是经过设计的人类，很显然将身躯设计低矮是最方便的办法。但是人类采取了另一种方法，就是加固先行者的骨骼等支持系统，当然还包括提高血管壁强度等相关措施，虽然这样做的代价高了很多，但可以保证现在黄海星人的平均身高只比我们低一点点而已，也就是说，从形态上能一眼看出他们是我们的同类。”

“那里海星人的鳃在哪里呢？”叶列娜问道。

“在我掌握的资料里，他们的腋下便是鳃的所在。”何夕肯定地说，“虽然这样做造成了呼吸道的部分冗余，但显然在外观上更能让人接受。”

“其实也可以不采用基因改造的方法啊。”叶列娜想起了什么，“采用水下呼吸器不也可以在里海星生存吗？”

“如果那样做的话，人类根本不能算是移民成功，充其量只是一个过客罢了。”何夕说，“只有凭借本能的力量自由生存，才算真正征服并融入了这颗星球，这也是乐土计划的根本宗旨所在。”

“那万一有些星球环境过于古怪怎么办？”

“已经有过一些放弃的先例。”何夕显然很满意叶列娜能提出这个问题，“比如离地球五十九光年的死海星，由于大量硫化物的存在，死海星的海洋呈较强的酸性，里面生活着一些奇怪的低等生物。基因工程师从一种水生螨虫得到启发设计出了可行的先行者方案，但最终被听证会否决了。现在死海星已经被废弃七十年了。”

“为什么？既然都有了可行方案为什么不实施？”

何夕的嘴角抽搐了一下：“在方案里，为了适应那里的环境，先行者将会是一种全身布满黏液的有鳞物种。我的朋友威廉教授就是听证会成员，他是一位人类学家，据他说当时一百多名听证员全票否决了方案。”

这时李高从屋子里出来，叶列娜注意到他的笑容有些谦卑：“大船正在赶过来，根据速度计算二十分钟之后对接。”

何夕蹙了蹙眉：“据我所知大船都是作为永久驻地的一部分，怎么在里海星会分隔这么远？还有，这里既然是政府驻地，怎么只有你一个人？”

“大船只是例行巡视。另外，我不知道什么叫作政府。”李高的语气不卑不亢，说完便低下头去。

这个回答让何夕略微放心，他也知道政府在验收之后才会成立。但何夕没有注意到，李高低头的瞬间，一丝阴鸷的神色从他脸上滑过。

七、中央电脑

“我们现在上船，你请自便。”何夕扭头对李高说道，“驻地这里平时是你在管理吗？”何夕又淡淡地问了一句。

“没有，中央电脑说我还需要学习更多的知识，我现在只是配合机器人管家做些外围的事情。”

大船的主控室位于甲板之上，是一处透明的半球形穹顶式建筑，四面的海景一览无余。正前方控制台屏幕上显示出一个虚拟的长得胖乎乎的头像。

“你好，中央电脑已经准备就绪。”头像的语气很平静。

“有一个问题，为什么那个 42 号先行者具备了某些不该具备的知识？”何夕的语气变得咄咄逼人，“你解开了伽利略封印？”

头像回答得很快：“四十五年前，我同四千枚先行者胚胎一起来到里海星，我的使命本该在二十年前完成。但你们迟到了二十年，那些帮助我管理的机器人逐渐发生了故障。我只好向先行者传授了少量封存的知识，否则不可能在这颗星球上坚持到现在。”

何夕喟然长叹，担心的事情还是发生了。从上次冰河期结束算起，人类文明已经发展了一万三千年，但是现在，人们认为严格意义上的科技文明以伽利略为鼻祖。在伽利略和波义耳之前，人们一直禁锢在古希腊的短暂辉煌中难以前进，而之后的牛顿等人则是站在他们的肩膀之上才得以进入科学的殿堂。所谓的伽利略封印是一个比喻，按照宪章章程，在验收之前，任何移民星球所掌握的知识以农耕文明为上限，这也正好对应着伽利略之前的时代。也就是说，验收之前先行者会掌握完备的经典几何知识，会有朴素的物质元素观念，能够有浅显的农业和医学知识，但是不知晓牛顿定律，也不明白天上的星星是些什么东西。因为里海星的特殊情况，之前地球委员会已经预料到可能会发生意外，但没想到出现问题的居然会是伽利略封印。

“他们知道运动三定律了吧？”何夕尽量保持语速平缓。

“是的。”中央电脑说，“十六年前大船在海啸中受损，为了尽快修复，我解开了牛顿定律的封印。”

“那热力学三定律呢？”

“很抱歉先生，这是能源应用中必须用到的。”

何夕沉默了几秒钟，小心翼翼地问：“那麦克斯韦方程呢？”

“电磁学、相对论、量子论以及虫洞理论没有解禁。”中央电脑说。

何夕吁口气，看来情况还不算无可挽回。其实等到验收完毕，这一切都不是问题，从现在掌握的情况来看，验收应该不会有大的意外。何夕心里打定主意，等验收完毕就把这段插曲删掉，毕竟中央电脑也是在与地球失去一切联系的情况下采取的应急措施。按照章程，这台违规的中央电脑应该格式化后重新编程，但何夕不打算那样做，虽然没什么道理，但在内心里他甚至有点儿喜欢上了这个自作聪明的胖家伙，尽管它实质上只是一台由“0”和“1”驱动的智能机器。

“先行者说的圣地是怎么回事？”叶列娜突然问道。

“在十六年前的那次大海啸中，大船受损，为了避免类似情况再度发生，我指挥先行者建造了一处海底停靠点。至于他们称之为‘圣地’，可能是基于对大船的敬仰。”

“那好吧。我的问题问完了。”何夕觉得轻松不少，脸上露出笑容。

“但是我有一个问题。”中央电脑突然说。

“哦。”何夕的眉头一挑，“你问吧。如果我们解答不了，还可以跟地球委员会联系，求得他们的帮助。”

“不必。”中央电脑说，“如果你不能回答就算了。我想知道现在的里海星先行者还能不能得到改进？因为经过这么多年后，我发现在设计上有个别不太完善的地方。”

“基因设计是系统工程，对每个移民星系的基因设计至少都要花费五年的时间来施行，要改变设计除非是通盘重新调试。”何夕有些不耐烦地回答，他没想到会是这种幼稚的问题，“个别地方不完善没有多大影响，世界上从来都没有尽善尽美的设计。”

大船行进了十分钟后，海面上开始出现一些绿色的伞状漂浮物，先是三三两两，但很快就变得密集起来。大的直径超过五米，小的也有几十厘米。

“这是海浮萍。”不等何夕询问，中央电脑便给出了解释，“这片海域是里海星的无风区，所以会聚集这么多。”

“里海星的植物有根吗？”叶列娜突然问道。

中央电脑迟疑了一秒钟：“从我现有的资料来看，应该没有。这颗星球上的所有生物都处于漂浮状态。里海星最浅海域的深度是八十三米，最深处超过十万米。”

“我好像看到天空中有鸟在飞。”何夕插话道。

“里海星没有同地球类似的鸟类，但是有类似昆虫的飞行生物。它们也可以在水面上停留，应该是从水生生物进化而来。这些昆虫也是先行者的食物来源之一，据他们说有一种大飞蝗的后腿烤制后很美味。”

叶列娜皱了下眉，似乎有些担心先行者会拿虫子款待自己。何夕指着远处一块不断起伏的巨大黑影问：“那是什么？”

“那是土鲨。”中央电脑解答道，“根据研究，这个物种类似于地球上的鲨鱼，已经有差不多十亿年的历史了。”

“十亿年。”何夕倒吸口气。他知道地球上某些种类的鲨鱼已经存在超过三亿年，属于地球最古老的物种之一，相比之下人类两百多万年的进化史简直不值一提；实际上，地球的陆生物种存在时间都比海洋生物短得多。“经过这么长时间还没有灭绝，真可算是奇迹。”

“的确是奇迹，化石资料表明，这么久以来这个物种几乎没有什么变化。”中央电脑补充道，“也许是里海星的环境太平静了，进化的动力太小。”

“应该是这样。”何夕点点头，“地球上至今仍有些人因为某些生物几千万年来变化甚少而否定达尔文的进化论，其实这不过是因为这些生物几千万年来仍然很适应环境罢了。生物进化是因为生存环境带来的选择压力，看来水星球的确是生命的舒适摇篮。”

“我们已经到达坐标位置附近。现在开始下潜。”随着中央电脑的提醒，穹顶外陡然一暗，片刻之后四周已是一派海底风光。阳光透过海浮萍的缝隙照射下来，形成道道明亮的光柱。光柱中大片悬浮的巨型海藻飘来飘去，宛如无根的森林。

“它们虽然没有根，但在下部却普遍长有一团沉重的组织体。”何夕对叶列娜说，“这是许多水星球植物的共有特点，以此来调节自身在水中的高度。”

“我们已经发现至少上百种植物具备初级运动能力，它们可以通过蠕动部分枝干缓慢前进，以便选择适合生存的环境。”中央电脑补充道。

“那是什么？”叶列娜突然指着一个方向问道。何夕望过去，立刻看到了奇怪的一幕。在一丛巨海藻的中部呈现膨大的一团，就像生出了一个直径十来米的卵。在轻浪起伏中，这个巨大的物体缓缓漂荡，阳光照射在上面，波光流动熠熠生辉，就像一块用翡翠雕琢的艺术品，散发出一种梦幻般的不真实感。一时间，何夕不禁看得有些痴了。

“那是花房。”中央电脑的语气保持着固有的平静，“是孩子们用巨海藻建造的，他们喜欢待在里面。”

话音未落，便看到两个小巧的身影像游鱼般从花房里冲出来，他们有些惊慌地望着大船，脸上混合了羞涩和不安。何夕一眼看出他们的年龄都只有十五六岁，看来大船的到来打搅了一对小恋人的幽会。

“是秋生和星兰。”中央电脑说道。

两个大孩子镇定了些，他们向着这边嘴唇翕动。

“他们在说什么吗？”叶列娜问道。

“我们听不到的，在水底他们发出的是一种次声波语言。”何夕解释道。

“他们说刚才有一批银贼鱼袭击牧场，大人们都赶过去了。”中央电脑说。

何夕犹豫了一下：“这些人都有名字吗？难道用编号不好吗？”

“从二十年前开始，第一代先行者给自己起了名字。”中央电脑回答道，“当时起名一般是根据各自的特点自行选择，其实更像是将原来的绰号改为名字。比如李高原来的绰号就叫高个子。不过，现在孩子们的名字就正规多了。”

“孩子。”何夕念叨了一声。在验收之前，这本来是不应该存在的事物，但二十年联系的中断改变了许多事情。不过这也只算小小的意外吧，从另一个角度看，这些孩子也是先行者的一员。

窗外开始掠过一些悬浮在水中的、结构精巧的建筑。这些建筑都呈六棱柱形，有些是单独的，而更多的则相互拼接成更大的建筑。这片建筑连绵开去，占据了很大一片空间，俨然就是一座海底城镇。可以想见，平日里这儿应该是一派熙熙攘攘的景象，不过现在大多数人都赶到牧场了，只有稀疏的十多个人有些好奇地望向大船。

“这里就是里海星的城市吗？”叶列娜问道。

“现在还只能称作聚居点，在里海星现在有几个这样的聚居点。”中央电脑说，“我们的人口还很少。”

“那现在先行者总共有多少人？”何夕仿佛不经意地问，“加上那些孩子。”

“原有先行者四千人，现在加上孩子是总共八千七百五十四人，其中不包括几十年来因为意外事故丧生的人口。”

“从二十年前算起，人口年增长率大约是百分之四。”何夕在电脑上作了个简单的演算，“人类向处女地移民时，人口增长率一般都很高，当年英国皇家海军‘邦蒂’号上的反叛者在皮特凯恩岛上的人口增长率甚至高达百分之四点三。”

“需要建设的东西很多，劳动力明显不足。”中央电脑继续作着汇报，“机器人大多出现故障，备用零件已经告罄。”

“这都是意外造成的。正常情况下，里海星二十年前就已经解除了伽利略封印，现在早该有了自己的制造业体系了。”何夕理解地点点头，“不过这一切就快改变了。”何夕转头望向叶列娜：“让这颗蛮荒星球沐浴到文明的光辉，这就是我们的使命。”

叶列娜身躯微震，她从何夕的语气里听到了一种坚定不移的决心。在拿到“乐土”计划书的时候，她已经知道了自己此行的目的，但在此之前，她更多地将这看成自己必须完成的一项任务，和此前自己曾经执行过的那些任务虽有区别但本质并无不同。然而，这段时间的经历让叶列娜有了不一样的感觉，她意识到自己的人生已经和这次任务密不可分，她甚至没来由地隐隐觉得自己的命运也会因之而改变。叶列娜其实不喜欢这种似乎带有神秘意味的感觉，但她无法摆脱。

八、圣地和死亡

一个明显的减速过程之后，大船停了下来，窗外昏暗的光线表明这里至少已在海平面下几十米的深处。

前方的地板缓缓打开，显出一列向下的台阶。“请你们跟着李高前进。前方也有我的终端，你们可以随时同我交流。”中央电脑保持着例行公事的腔调。

甬道里的照明条件很好，何夕注意到墙壁的材质类似于地球上的花岗岩，每隔一段距离就矗立着一根粗壮的显然是人工材料的支柱作为加固。何夕估算了一下，从离开大船算起已经又向地底深入了几十米，在这样的深度，任何海啸都不再成为威胁。

眼前豁然开朗。这是一个圆形大厅，在正中的平台上悬浮着一个直径约一米的淡蓝色球体，何夕觉得那应该是代表里海星的雕塑。

中央电脑胖胖的头像再次出现在前方的一块屏幕上，旁边站着三个身着黑衣的人。

叶列娜突然满脸惊奇地望向何夕，仿佛不知所措。何夕完全明了叶列娜何以如此，因为他自己也感到几分震惊——面前居中的那人长得同他颇有几分相像，年龄也差不多，就像是他的一个失落的兄弟。那人脸上也同样浮现出吃惊的表情，显然他也颇感意外。

“我叫秦忘。”那人恢复了平静，“先行者编号 17。在这里大家也叫我酋长，欢迎来自地球的尊贵客人。”

何夕立时明白，经过这么多年之后，先行者中间已经产生了自己的领袖，看来这个秦忘就是这样的人物。“那好，中央电脑应该告诉过你我们的来意。另外纠正一下，我们似乎不应该算是客人吧。”

叶列娜悚然一惊，她这才想起，最初收到的信息里称他们为“客人”时，何夕好像也是满脸不悦。

秦忘脸上掠过一丝不易觉察的尴尬：“我这么说只是出于尊敬，我们已经盼望太久了。我们现有的力量在里海星生存显得太弱，迫切需要来自联邦的帮助。”

何夕脸色缓和过来，一路过来他的心情早已轻松了许多，到现在为止没有什么不满意之处，看来此行的任务会很顺利：“这里是什么地方？你们称这里为圣地有什么含义吗？”

“这里是我们的议事厅。”秦忘解释道，“圣地是大家的习惯称呼，并没有什么特别含义。”

何夕环顾四周：“这里有监控设备吗？就是那种可以从远处看到这里的东西。”

“没有。”秦忘很肯定地答复。这个回答让何夕满意，其实叶列娜身上就带有检测设备，刚进来时就已经向他发出了安全信号，他向秦忘提问只是一次小小试探罢了。

秦忘迟疑了一下开口道：“按章程似乎你们还应该有一个人的。”

对方主动提到章程规定，让何夕感到很踏实，他也觉得是时候让范哲登陆了，毕竟范哲在里海星计划里也是不可替代的一分子。“我现在就下令范哲登陆，让大船接他过来。”何夕兴奋地转头看着叶列娜，“里海星计划正式开始了。”

秦忘谦和地点头：“我现在就去安排。”

范哲一进门就高声大嚷：“你们肯定不相信我看到了什么，那些用巨海藻编制的房子是我这辈子见过最漂亮的别墅。还有……”

“好啦好啦。”叶列娜打断他，“还有巨大的海浮萍是吧？少见多怪。”

“原来你们也看到了。”范哲挠挠头，“不过有个东西你们肯定没见过，我在飞船上可是观测到几十米长的潜艇……”

“那是土鲨吧。”叶列娜哈哈大笑，“里海星可是农耕时代，哪来的什么潜艇？”

“先别说这些了。”何夕忍不住打断了两个年轻人的斗嘴，“我们还有正事要办。你们不会忘了自己此行的任务吧？”

叶列娜脸色变得有些奇怪：“当然没忘，不就是让我和范哲来此地和亲吗？而你这所谓的领路人其实就是个星际媒婆。”

何夕陡然一滞，在叶列娜嘴里，至高无上的乐土计划竟然成了老古董式的“和亲”，自己也当上了媒婆，可细一想这话却让人无从辩驳，一时间他竟然有些哭笑不得：“这个，乐土计划事关全人类未来的福祉。”

“我知道，宪章上讲了的。”叶列娜接过话头，“如果人类永远困守地球则必将走向灭亡，因为像超新星爆发、小行星撞击、高能试验事故、生化事件、太阳灾变等等无法预料的偶然事件随时可能在未来某一天毁灭全人类。只有实施乐土计划才能让人类散布宇宙，永世长存。”

“对啊。”何夕语气变得郑重，“能够在这样伟大的事件里承担一份责任是我们的荣幸。”

范哲幽幽地看了眼叶列娜：“我们知道这是自己的使命，其实从看到计划内容的时候起，我就觉得自己变得和以往不同了。我们注定将承担很多以前不明白的东西。”

“二十年前，我曾经有过同你们一样的感受。”一层薄雾浮现在何夕的眼里，“而且由于另外的某个原因，我的感受比你们更加刻骨铭心。”何夕停顿了一下，似乎有些犹豫该不该吐露这个尘封已久的秘密。

“发生了什么事情？”叶列娜突兀地问，她的脸上若有所悟。

“事情很简单，当年我爱上了一位姑娘。但不幸的是她也是乐土计划的成员之一，所以注定了这是一个不会有结局的故事。”

范哲忽然轻轻问道：“那她也爱你吗？”他的目光有些飘忽地瞟着叶

列娜。

何夕一怔："我想是吧。其实我们认识的时间并不长，但怎么说呢？也许感情的确是世界上最盲目的事情吧。当时我看着她乘坐的飞船在视线里渐渐模糊、消失，觉得自己心里的一部分也在那一刻永远地随她而去了……"

何夕突然停住话头四下张望："你们听到什么了吗？"他的脸上浮现出极度困惑的神色。

"我也听到了，好像是一声女人的叹息。"叶列娜回应道。

范哲有些茫然地怔怔立着，他没有听到什么，但是四周的情况却让他陡然紧张起来。不知何时四壁的门已经全部紧闭，范哲上前试图打开那些门，但全都失败了。

叶列娜惊呼道："快看，那些烟雾！"

何夕这才发现房间里已经充斥了一层淡淡的雾气，与此同时，范哲身上的便携仪器也亮起了红灯。"天啦，是神经毒气梭曼！这样的浓度三分钟内就能置人于死地。"范哲大叫起来。

何夕这才发现自己铸成了大错。当初在飞船上收到的信息里，先行者称他们为"客人"，按照乐土宪章，所有移民星球在验收之前是不能视作人类家园的，但先行者的这种称谓的确有以"主人"自居的意思，也就是说，他们已经视里海星为家园了。这个细节本来让何夕有所警觉，所以他安排范哲留守飞船，但后来的接触让他感到放心因而放松了警惕。现在看来，里海星上的确是发生了奇怪的事情，说不定范哲观测到的真是潜艇之类的东西。中央电脑的程序肯定被人动过手脚，对方是作了有意的安排，等到他们聚齐之后才采取了行动。但何夕不清楚先行者这样做究竟是为什么，现在看来这将是一个永远的谜了。屋子里的三个人脸色惨白地面面相觑，眼睛里都是难以置信的绝望。死亡，就这么来临了，在这遥远的异星之上；不仅突然到诡异的程度，而且不明不白。

在意识离开何夕之前的最后一瞬，划过他脑海的是一个奇怪的念头：那声叹息怎么那么熟悉？之后，纯粹的黑暗袭来，将一切吞噬。

九、当年情

这就是死亡吗？像飘浮在云团里，又像是沉浸在温暖的海水中。斑驳的光影在眼前四处跳荡，宛如一幅让人不明就里的抽象画。

“不——”何夕突然大叫一声醒来，这才发现自己躺在一张柔软的椅子上，而且，第六感清晰地告诉他旁边有一个女人。这个判断很快有了依据，因为何夕立刻发现一个纤弱的身影就伫立在他的面前。

即使是最善于想象的人，在面对命运的安排时也常常感到意外，谁都不知道会在什么时间以及什么地点遭遇哪些无法预料的人和事。当于岚的身影突然间映入何夕眼帘时，他真切地感到这句话的正确。二十年的隔膜在那个瞬间被穿透了，何夕突然觉得天地间恍若无物，只剩下了他们两个人。无论用什么样的语言也无法述说何夕在那个瞬间里的感受，因为他见到的是一个自己以为已经与之永诀的人。多年前的伤口还一直隐隐作痛，但是那个人居然回来了，她穿透的不仅是时间，还包括死亡。

何夕此时还不知道，与于岚的重逢最终成为了他内心中第二道痛入骨髓的伤口，而且永世难愈。

“是你吗？”何夕喃喃地问，“如果不是从小被培养的无神论信仰，我一定会认为这是在天堂里的重逢。”

“是我。”于岚温柔地回答，眼里充满欣喜。

何夕四下张望，发现这里是大船的主控室，现在已近黄昏，太阳的光线变得柔和，绚丽的云彩挂在天边。但他没有看到范哲和叶列娜。

“他们现在很安全。”于岚仿佛看透了何夕的心思，“如果再晚一点儿可能就……”她止住话，似乎仍然心有余悸。

“我不明白发生了什么事。”何夕犹疑地开口，“好像我们差点儿死了。但这怎么可能呢？一切都很正常啊。是不是发生了什么故障？”

于岚没有开口，像是没有听见何夕的话，但谁都能看出她眼里的喜悦是发自内心的。

“当年的事故里你不是已经死了吗？”何夕急促地问，几乎与此同时，一道灵光自他脑海里闪过，他猛然想清楚了一些事情，“我知道了，并没有什么事故，一切都是假象。”

于岚迟疑了一下，终于点头承认了何夕的猜测。

但是何夕心中的疑惑更甚：“可为什么会这样？是先行者扣留了你们吗？”

“怎么可能呢？”于岚摇头，“他们都是善良而无害的。老实说，地球人在他们面前，至少在道德层面上肯定会感到自卑的。”

“但那个警报信息又是怎么回事呢？那可是你亲自发出的。”

“马维康和加腾峻并不是死于脉冲星辐射。”于岚幽幽地说，“而是死于一次突发事件。当时我同他们发生了激烈的争执，先行者站在我这一边。他们两人先动手杀死了几十位先行者，但是最终寡不敌众。我是后来才发出的那条信息。”

何夕彻底震惊了，他没想到二十年前竟然发生过这样惨烈的一幕：“是什么事情竟然发展到这种地步，难道不能协商解决吗？”

“不能。”于岚冷酷地说，“事关生死存亡，没有调和的余地。当时马维康和加腾峻正准备向地球报告里海星任务彻底失败的信息。”

何夕倒吸一口气，他当然知道这个信息意味着什么。乐土计划自实施以来还从未发生过这种情况，一旦信息发出，其后果的确不堪设想。

“是那种情况发生了吗？”何夕平静了些。

“就是那种情况。”于岚的神色变得古怪，就像一个来自黑森林的女巫，她一字一顿地吐出剩下的四个字，仿佛那是一句可怖的咒语，“生殖隔离。”

虽然有所预感，但这几个字还是像重锤一样打在了何夕的心上：“这怎么可能？我一直以为宪章里关于这一条的规定只是某种为了法律完备性而准备的条款，没想到真会发生这种情况。要知道，每个先行者方案都是经过至少五年时间、上千次实验才确定的。”

于岚的思绪已经回到了二十年前：“当时我们顺利到达了里海星，这里世外桃源般美丽的风光让我稍稍觉得安慰。我想就这样忘了过去吧，开始新的生活。”于岚的神色变得有些迷蒙，“后来的事情都是按部就班的，加腾峻与他的心上人一见钟情，而我居然遇到了一位和你颇有几分相像的先行者……”

“是秦忘吗？”何夕陡然想起那位酋长。

“就是他。”于岚苦涩地笑笑，“里海星第一代先行者的名字都是自己决定的，唯有秦忘的名字是我给他起的。”

“秦忘。情忘。”何夕若有所悟地低语，一时间他的心里涌起痛楚的感觉，情真的能忘？

于岚平静了些，接着说道：“如果一切正常，我们就会像在地球上一样，恋人们交往一段时间后，在领路人的主持下缔结婚约，然后在几个月后的某一天诞下生命的结晶。由于先行者的所有重要体征都被设计成显性基因，所以孩子肯定能够适应这里的环境，孩子顺利出世便是整个计划圆满成功的标志。”这时于岚像是想起了什么，“你的家人都好吗？”

何夕有些猝不及防地回答：“当然，他们都在渤海星。”“我和妻子早已分手，我同女儿生活在一起，她非常可爱，像个天使。”他低声补充道。

于岚流露出羡慕的目光，不知为什么，这目光让何夕觉得心中酸楚：“也许是我的专业使然吧，我一到里海星便采集了先行者的生殖细胞进行分析，想观察它们同人类生殖细胞结合时的行为。”

“这好像没任何必要吧，在地球上时早就进行过无数次类似的实验了，虽然我不是这方面的专家，但也知道用先行者胚胎细胞制造他们的生殖细胞是一件很容易的事情，进行一次减数分裂就行的。”何夕有些不以为然地插话。

于岚没有理会何夕：“由于我自己排卵期的原因，第一次实验是在到达里海星的第五天才进行的，我同时也以实验的名义取得了加腾峻的生殖细胞。我说过的，当时只是专业兴趣使然，我根本没有想到会发生出乎意料的事情。”

何夕的心渐渐下沉，“实验结果是什么？”

“相当可怕。”于岚的语气简短而冷酷，“在显微镜下，我看到的完全是异种生殖细胞相遇的情形。精子漫无头绪地乱撞，完全不像遇到同类卵子那样舍生忘死地冲锋；而卵子则完全彻底地封闭了表面的一切通道。也就是说，它们相互排斥的程度甚至超过了马和驴，尽管后者也无法孕育出能正常繁殖的后代。”

“异种。”何夕从牙缝里挤出这个词，“可我知道类似的实验在地球上是全部成功的。”

“我当时也非常震惊，但事实就摆在眼前。接下来我采集了更多的先行者标本做实验，结果完全一样。经过进一步分析，我找到了原因所在。”于岚竖起食指指了指头顶。

何夕立时明白了于岚所指，“你认为是里海星特殊的恒星辐射造成的？”

“就是这个原因。”于岚点头，“其实恒星辐射超过地球的行星并不少见，但以往还没有发生过以这种方式影响生殖细胞的情况，可见宇宙中的确还存有许多人类未知的奥秘，我想可能是因为这里的恒星辐射中具有某些特殊频率的射线吧。不过我观察到，先行者之间生殖细胞的结合却又完全正常，甚至当时已经有了一对儿偷尝禁果的先行者，他们一岁大的孩子在水里游得比银贼鱼还快。”

“再后来发生了什么事？”何夕强迫自己保持语速平缓。

“我确定实验结果无误后，便报告了马维康。他当时不相信，但在目睹之后接受了我的结论。然后我们三个人在一起开了个会，其实根本不需要什么讨论，按照宪章的规定，一切都是明摆着的。要知道，任何违背宪章的行为都被视作反人类罪行。”

何夕打了个冷战，他用有些奇怪的眼神看着于岚，他预感到面前这个柔弱的女子也许就是一名人类公敌。

“他们两人的意见是立刻向地球委员会汇报，准备启动抹除程序。我想那一刻自己可能是疯了，我无法接受几千个活生生的、有血有肉的人在我面前被杀戮。我冲出了门，对先行者高喊他们已经被人类视为异类，将被毫不犹豫地抹除掉。我告诉他们，如果要拯救自己就必须制止屋子里的人发出信号。”于岚痛苦地摇头，乌发变得凌乱不堪，当年那可怕的景象让她至今不能释怀，“人群向屋子冲过去，然后我看到不断有人倒下，遍地的血……”

于岚的话戛然而止，在极度的激动之下她突然晕厥倒地。

十、非　人

于岚苏醒的时候，发现自己正好同何夕调了个儿，自己躺到了椅子上，而何夕正注视着遥远的天边若有所思。

“你醒了。能告诉我现在我们所处的方位吗？”何夕俯身下来，眼里是毫不掩饰的关切之情。

“我们现在就在圣地的上方，先行者称这里为圣地是因为我住在这里，我没有抵抗辐射的基因，多数时候都生活在地底。”于岚站起身，“他们对我当年的行为充满感激，对待我像神一样充满尊敬。他们是知道感恩的人。”

何夕点头表示理解，二十年来于岚遗世独立，对里海星的确付出太多，同时他也听出了于岚话中的维护之意，“我相信他们都是善良的，但他们是异种，这是不可否认的事实。”

于岚沉默了好一阵，像是在思考某个问题。“你看到这个了吗？”她突然指着桌台上一座半米高的拱桥模型，脸上浮现萧索的神色，“里海星上没有河流的概念，当然也不会有桥这种东西，这个模型是我平时摆着玩解闷的。”于岚说着话用手轻轻一拂，拱桥立刻散落成十几块大大小小的配件，“这座桥没有用黏合剂，完全是靠着配件契合成型。你试试能还原吗？零件上面有编号，你可以按顺序来做。”

虽然何夕不明白于岚为什么突然扯到这个模型上，但他还是依言摆弄起那堆零件。何夕知道于岚的老家是中国南部著名的水乡，那里有很多这样的石拱挢，少女时的于岚曾经日日从桥上走过。何夕想象着那时的于岚伫立桥上看风景是怎样一副纤弱的模样，而现在的她却只能在一百六十光年之外摆弄一座石桥的模型，不知为何，这样的联想突然让何夕有些心酸。何夕定定神，将注意力放到眼前，所谓零件其实就是一堆梯形的塑料块。何夕试了几次都失败了，模型总是在垒到一定程度的时候崩塌掉。何夕有些郁闷地盯着这堆不听话的零件，从道理上讲，这应该是件很容易的事情，这些零件的形状肯定是能够契合成一座拱桥的，就像他刚才亲眼见到的一样，而且也的确和现实中的石拱桥一样不需要什么黏合物。

“你不会成功的。”于岚意味深长地开口，“零件一块不少，但你会发现你的工作总是进行到某一个时刻就崩溃了。”她从抽屉里拿出一个盒子，“你做不到只是因为还缺少一些东西，这个盒子里面的构件可以用来搭建脚手架。翻开拱桥建筑手册你就会发现，在造桥之前你需要搭建脚手架之类的辅助设施，但这些东西最后会被拆除，不留一点儿痕迹。”

“为什么和我说这些？”何夕若有所思地问，他觉得自己正在接近某个隐藏的真相。

于岚的眼睛变得很亮，“其实建造这座桥的过程和人类的进化非常相似。这本来是进化应有的常态，三十多亿年里，我们身体的所有构件其实都经历了这样的过程。那些曾经出现但最终消失了的部件并不是无用的，没有它们也就不会有现在的人类。但是我们现在对先行者的改造却完全违背了这种自然规律，跳过了所有中间环节。人类凭借已经超越了造物主的强大技术，直接依据移民星球的环境需要设计制造出了先行者。”

“你说先行者是非自然产物是吗？”何夕问。

“先行者完全是纯粹计算的产物。”于岚的脸上闪过一丝悲戚，“他们不过是从移民星球的环境倒推得到的产品罢了。在地球委员会的眼里，他们就是一群小白鼠，根据人类的需要被送到一个个开拓地。出于开拓的需要，他们先天就被赋予了各种特殊的能力，但是这些能力却可能在几十年后给他们带来灭顶之灾。”

何夕沉默了好一会儿才开口道：“你说的这种极端情况并没有出现过。”

“只能说在里海星之前没有出现过。”于岚直视着何夕的眼睛，“技术不是万能的，它不可能预见到所有的情况。你认为里海星先行者会面临怎样的结局？”

何夕感到喉咙发干：“宪章……宪章里提到过的。”

“宪章。”于岚的语气冷得像冰，“要我背给你听吗？这些年里我早就把宪章翻烂了。不错，宪章里写满了公理正义，它的每句话听起来都代表了人类文明的最高法则，让人无从辩驳。它对所谓移民失败的先行者只说了两个字：抹除。”

“实验总有失败的可能，既然明知是失败了……”何夕艰难地吞了口唾沫，“这也是迫不得已的做法。”

“问题在于里海星先行者们失败了吗？”于岚逼视着何夕，“你看到过他们，连同他们的孩子。这么多年来，他们自由自在地生活在这颗星球上，没有任何不适应的地方，他们建立了自己的家园，同万物谐和；没有大的灾难，他们还能这样生活一百万年。你看到过孩子们建造的那些花房吗？”于岚眼里放射出动人的光泽：“我觉得它就像是一件美轮美奂的艺术品，是这颗蛮荒星球上最动人的事物。你敢否认自己曾经被它打动吗？”

“是的。”何夕低声说，“那些花房的确非常漂亮。还有，那些孩子也非常可爱。他们让我想起了自己的女儿。真的，我真的这样认为。”

“但是按照宪章的定义，他们都是失败的样品，应该完全不留痕迹地抹除掉。就因为他们同我们产生了生殖隔离。”于岚话锋一转，“可这能怪他们吗？是人类在操纵这一切。”

“从生物学意义上讲，他们的确不能称作人类了。”何夕肯定地说，“我承认这是人类犯下的错误，看来最严密的设计方案也会有出错的时候，毕竟人类还没有洞悉基因的全部秘密。这里发生的一切已经证明里海星的环境超出了某个阈值，适合生存的先行者将注定异化成非人类。按宪章规定，这个星球在抹除先行者后也不会再用于移民，它将又成为一个死海星。”

十一、蓝色的雪

“你已经决定了吗？”于岚幽幽地问，一丝奇异的光芒在她的眸子里浮动。

何夕努力控制自己的目光不要四处躲闪，他知道从道理上讲，自己没必要感到一丝愧疚，恰恰相反，他现在正是站在绝对正确的立场上。“我明白你的心情，这的确不是一个容易下的决心。但是我们不能被感情左右，那些先行者……他们……他们的确已经不能算作人类。”

“不——你不会明白的！”于岚突然歇斯底里地大叫道，“你还是站在最狭隘的立场上看待眼前的一切。我认识这里的每一个人，熟悉他们的音容笑貌。秦忘很腼腆，李高喜欢在女人面前吹牛，星兰正在为自己长得太瘦发愁……他们体内的基因有百分之九十七和我们完全相同，他们和我们一样有智慧、有灵魂，还有——梦想。他们不是机器，不是小白鼠，他们是有血有肉的人！你明白吗？”

何夕面色惨白地看着这个狂躁的女人，一语不发。等于岚平静一些之后，何夕慢慢开口道：“他们不是人类。按照门、纲、目、科、属、种的划分，我想他们最多只能到灵长目人科，到不了人属和智人种，他们和我们不是同一物种，生殖隔离是最有力的证明。我们同他们的差别之大也许超过了同为猫科动物的猎豹和非洲狮之间的差别。想想吧，只要有机会，草原上的雄狮会毫不犹豫地杀死并吞食猎豹，反过来也是一样。”何夕的喉结艰难地动了一下，“我们和黑猩猩的基因相似度为百分之九十九。所以……他们不是人，他们是绝对的异类。”

于岚颓然坐倒在椅子上，她的理智告诉她何夕说的都是对的。

“人类很幸运，掌握了虫洞这种超越时代的伟大技术，得以一窥浩瀚宇宙的面貌。而更幸运的是，在运用这种技术的过程中，人类还没有遭遇到智能胜过自己的可怕异类。但在开拓异星的过程中，人类却可能创造出这样的异类，谁敢保证某一天它们不会向创造者举起屠刀？”何夕冷酷地问。

“不会的，不会这样的。”于岚无力地嚅动嘴唇，头上的乌丝剧烈地摆动着，“他们很善良，我一直教育他们对地球怀有感恩之心。”于岚仿佛抓住了一根救命稻草一般抬起头来：“我会告诉他们地球是他们的根，我会让他们永远记住这一点。他们永远不会对抗人类的。”

何夕有些怜惜地看着憔悴的于岚：“永远是什么？世界上有永远的事情吗？人类的历史你应该比我清楚。现代欧洲人都来自非洲，但当他们的后代在 15 世纪重返非洲时，带去的却是无尽的杀戮和种族灭绝。还有一个时间间隔更短的例子，公元 1000 年左右，一些波利尼西亚农民移居新西兰成为毛利人，其中又有部分移居查塔姆群岛成为莫里奥里人。几百年之后的一天，毛利人冲到查塔姆群岛杀光并煮食了这些莫里奥里人。一个毛利人解释说：‘我们捉住了所有的人，一个也没有逃掉……我们抓住就杀——这符合我们的习俗。’”何夕露出残酷的表情，“这些例子里的双方其实还属于同一物种，人类自己的历史已经证明了一切。我承认现在的里海星先行者都是善良而无害的，而且我内心里甚至很喜欢他们。但是，人类绝对不能冒险去养大一个拥有智能的异族。”

“看来你真的是决定了！”于岚有些失控地嘶喊道，“你一定认为我是一个被感情冲昏了理智的巫婆，我已经当过一次人类公敌了，我不怕再当一次！”

“别这样。”何夕扶住于岚瘦削的双肩，“你已经尽力了，里海星先行者的命运是注定的，真相不可能永远隐瞒下去。只要地球联邦知道了里海星发生的事情，就算倾全人类之力也会消灭这些先行者的，这是自然界的铁律。”

“但是，如果能多给先行者们一些时间，再给他们几十年时间，我可以教给他们更多的知识，让他们拥有自己的先进技术，他们就能进步到足以同人类抗衡的程度。”于岚突然痛苦地抓扯头发，脸上是无所适从的绝望，“天哪我说错了，我在说些什么啊？他们永远都不会同人类对抗的，不会的。”

“你说出的正是真理。”何夕知道现在不是心软的时候，于岚已经陷入太深，他有义务唤醒她，“其实你自己早就看到了一切，只是不愿意承认罢了。”

于岚一步一步朝门外退去，脸上混合着无助与决然：“你们都是屠夫，我不会让你们毁灭这里的一切的。”

“你打算怎么做，就像二十年前一样？让先行者们撕碎我？”何夕脸上挂着冰凉的笑，仿佛想掩饰什么，“我知道他们现在就在外面，他们的武器应该比二十年前先进多了。”

“求求你别逼我。”泪水从于岚眼中不可遏制地流淌而下。一边是曾经的挚爱，另一边则是她必须保护的生命。一时间，她仿佛听到了自己的心碎裂滴血的声音。

“是结束一切的时候了。”何夕突然扬了扬手，“就在二十分钟前，也就是你昏厥的时候，地球委员会已经收到了关于里海星情况的报告。我们马上就会看到他们做出了怎样的决定。”

“这不可能。启动量子通信至少需要两个小时，你在骗我。”于岚难以置信地摇头。

“也许世间真有所谓的宿命存在，出于某种难以说清的原因，我在几个小时前就让范哲启动了量子通信。”何夕接着说，“我忠实地描述了里海星的状况，其中也包括了你所强调的里海星先行者的‘善良’和‘无害’。地球委员会是最终的决定者，现在一切都已不可更改，我想再过几分钟，我们就能知道里海星的宿命究竟是什么了。”

于岚不再说话，实际上何夕的话已经让她完全僵立。何夕缓步上前温柔地环住她的肩膀，然后他们一同望向外面的黄昏，就像一对亲密看海的恋人。

在一百二十公里的高处，虫洞飞船以黑丝绒般的太空为背景缓缓滑过，宛如一只巨眼君临万方。飞船核心处有一个内部冷到极点的黑匣，里面的温度甚至低于宇宙的背景辐射。在这样的温度下，运动几乎停止了，就连电子这种不可捉摸的轻子也表现为黏滞的状态。

突然，像是获得了某种古怪的魔力，其中一些电子开始无视低温的禁锢执着地骚动起来，它们迈开了奇异的舞步。电子们的舞蹈并不是无意义的，它们跟随亿兆公里之外的孪生兄弟的脚步拼出了一条无比清晰的指令。几秒钟之后，虫洞飞船整个儿震颤了一下，在指令的召唤下，它的周围伸出一圈发着蓝光的管子，就像是一头从沉睡中苏醒的怪兽正在舒展四肢。

何夕看见很多道流星般的亮迹破空而至，在黄昏的天空中显得夺目非凡。进入大气层之后，亮迹急速地湮灭，与此同时，无数淡蓝色的雪花开始在六月的天空中飘落，这幕无声的场景美得令人窒息。

“终结者病毒……他们终于做出了决定。”于岚喃喃开口，她的脸上一片幻灭。

何夕没有说话，在这个时候，语言根本没有任何意义。他知道这场雪会一直下十二个小时，直到这颗星球的每个角落都覆盖上足够的病毒。对应于每种先行者都预先设计有一种终结者病毒，它们是高度特异定向化的，一种病毒只能感染并杀死对应的先行者，而当先行者全部死亡后，病毒自己也无法存活。按照实验结果，先行者受攻击后存活率不会超过四万分之一，而现在整个里海星人口不足一万，也就是说，这是一次彻底的饱和歼灭行动。

十二、人生不相见

时间已是深夜，在两个月亮辉映之下，可以看到近处的雪花仍然稀稀疏疏地飘洒着，这幅静谧的图景让人很难将其与大规模死亡联系在一起。

“原来这就是里海星的宿命。”何夕再次提起话头，于岚像现在这样一言不发已经十个小时了。

“他们都死了，对吧？”于岚突然开口，这让何夕觉得稍微放心了些。

“终结者病毒攻击神经系统，感染者将很快因为神经系统瘫痪而窒息死亡。”何夕小心翼翼地说，“这是一种快速的低痛苦死亡方式，有些类似于氰化物中毒。现在先行者应该都已经死去了，就算个别潜入深海的先行者也只是感染得稍晚一些。”

于岚机械地走到十米外的控制台边坐下，何夕知道从那里可以跟踪到每一位先行者，但于岚现在的举动已毫无意义，在屏幕上，她只会看到八千七百五十四个一动不动的小点——那是先行者横陈的尸体。

“一切都结束了。”于岚从控制台前站起，脸上一片麻木，“从里海星被发现算起已经过去五十多年了，在这颗星球上发生过那么多故事，而现在一切都回到原点，就像是做了一场梦。”

“至少我们一起看到了结局。”何夕指向天空中某一处：“从这里看过去太阳系只是一个暗淡的白点，但那里是全人类共有的家园。在这个冗长的故事里，最幸运的一点就是经过那么多事情，我们的家园还在。”

于岚突然叹了口气，像是有所触动：“知道吗？以前我觉得所谓的星座只是古人的奇特想象力组合，但现在我却不这样想了。也许其中真的隐藏着某种我们永远无法彻底弄明白的东西，它超越了所谓的定理，也超越了人类全部的理解能力。”

何夕哑然失笑：“怎么，我们的生物学博士改行研究哲学了？”

于岚转头看着何夕，“就像现在，我们站在这个位置上，能看到太阳系连同半人马座还有旁边的群星，你看它们像什么？喏，稍微把头偏左一点儿……”

何夕凝视着那个方向，饶有兴致却不以为然，然后，天地间突然沉寂了，何夕感到有滚烫的泪水从眼里涌出——他看到了一只小小的摇篮，下面是篮身，上面有一条提臂，那颗火红大星则是悬挂点……小小的摇篮就那么孤单地悬挂在这广袤无垠的宇宙中。

从这个位置上，何夕也看到了在地球上永远无法与猎户座同时看到的天蝎座群星，火红的大星便是天蝎座α星，中国古人称之为“大火”，曾经专门设立“火正”一职观察它的位置确定节气。天蝎座群星参与了太阳系摇篮的组合，这幅图景是那样美妙绝伦，但仿佛又蕴涵着人类智慧永远不能理解的无尽深意。

良久之后，何夕回过头来：“我们该回家了。”何夕爱怜地望着于岚并加重了语气：“是我们两个人的家。”

“回家。”于岚若有所动地重复一句，“我也很想回家，但我再也回不去了。”

何夕有些意外：“虽然你违背了章程，但毕竟没有铸成大错，我想联邦政府也不会太难为你的，我有把握替你脱罪，至少会是很轻的判决。”

“你认为我们还能回到从前吗？不可能的。里海星改变了我的一生，我已经同这里的一切有了永远无法分离的血肉联系。太阳系是人类温暖的摇篮，但孩子已经长大了，是到放手的时候了，不应该让摇篮成为永远的禁锢和桎梏。正是几万年前来自非洲的先行者闯进旧大陆，以及几百年前来自欧洲的先行者们挺进新大陆，才有了后来人类历史中一幕幕壮丽的篇章，我想终有一天你会明白的。先行者们不在了，但是我要留在这里，用我剩下的生命守护他们无根的灵魂，不然我怕他们会迷路。”于岚转头凝视着何夕，星星在她的眸子里闪烁着动人的光芒，“我们的人生分开得太久也太远了，就像参宿与商宿，东升西落，已经无缘相聚。”

于岚说完这番话，将身体从何夕的围抱中抽出，轻轻地、然而也是决绝地步入了门外的黑暗。剩下何夕一个人孑然伫立，仿佛一尊雕像。

尾声　最后的音节

登陆舱缓缓升腾，越来越高，渐渐成为湛蓝天空中一个不可见的小点。于岚面无表情地注视着这一幕，这时主控室的地板滑开，两个纤细的身影扑进于岚的怀里大声啜泣，过去的这十多个小时，他们就像是生活在炼狱里。于岚紧紧搂住两个吓坏了的孩子，就像是搂着两件失而复得的珍宝。几个小时前她在主控室里看到了两个移动的小点，也许是由于恒星辐射的缘故，这两个孩子竟然产生了抵抗终结者病毒的突变，也就在那一瞬间，于岚不动声色地做出了决断。

“虫洞跳飞进入倒计时。”叶列娜向一直失魂落魄的领路人汇报，她忍不住提醒一句，“还有十分钟时间，如果想道别请抓紧。”这时她猛地瞪了范哲一眼说，“跟我出去呀，真是没脑筋。”

范哲稍愣，随即听话地跟着出了门，他正好也有许多话想对叶列娜说。

屏幕上的于岚已经不复昨天憔悴的模样，似乎还淡淡地化了妆，看上去明艳照人：“我已经在这里等了一阵儿了，我知道你会来的。”

“还有几分钟飞船就会启动，这一别恐怕今生都无法再见了。”何夕深深凝视着于岚，似乎想将她的容颜镌刻在自己的视网膜上，“我会在亿兆公里之外想你的。”

“我也是。”于岚柔声道。

何夕迟疑了一下，似乎在做什么决定，末了他平静开口道：“照顾好秋生和星兰。”

于岚悚然一惊，脸色一下变得苍白：“你、你说什么？”

“虽然你离开的时候关闭了控制台，但是后来我破译了启动密码，所以我知道有两位幸存者。很巧的是，我居然见过这两个孩子，他们很可爱。我一直在回想你说的那番话。”何夕稍稍停了一下，“我现在终于明白放手也是一种爱，而且是宇宙间最深沉的爱。我知道该怎么做，不会有别人知道这一切，也不会有人来打扰你们。别了，我的里海星女神。”

“谢谢你，我会守护着他们，不让他们迷路。”于岚眼里流露出依依不舍的神色。永世的分别就在眼前，两人透过屏幕痴痴凝望，口唇微动中，不知不觉吟诵的正是那已经刻入彼此灵魂的诗句：

人生不相见，动如参与商。
今夕复何夕，共此灯烛光。

泪水在两张面庞上聚集成行肆意流淌，冲刷经行的一切，将心中无尽的块垒抚平。

少壮能几时，鬓发各已苍……
昔别君未婚，儿女忽成行。

前尘旧事在何夕眼前一一晃过，地球的初遇、二十年的分离、短暂的重逢，还有这永远的长别。无数慨叹划过心头，这一刻就像是历尽一生。

十觞亦不醉，感子故意长。
明日隔山岳，世事两茫茫……

炫目的闪光突然亮起，模糊了眼前的一切，宣告这个冗长的故事走到了终局。而空气中还剩下那最后的音节，在相隔亿兆公里的两端盘桓、萦绕。

◆第23届银河奖读者提名奖获奖作品

伶盗龙复活计划

汪彦中

一

茂密的森林深处，无数五彩缤纷的鸟儿惊叫着飞散开来。远处，世外桃源般的雪山轰然坍塌，发出巨大的“咔嚓——哗”的声响……

陶勤知浑身肌肉收缩，睁开眼大叫一声“完蛋了”，迅速地从被窝里钻出来，抓起外套胡乱往身上一披，然后往窗外瞧去。博士生宿舍楼阳台的遮阳板又被积雪压断了，晾着的内衣裤被雪水糟蹋得一塌糊涂。

手机在闪，打开便是各种节庆短信，他刚要丢开，电话又来了：“老陶，是我啊！”

“有事儿说事儿，没事儿挂机！”陶勤知素来有起床气。

“都快过年了，你还没离校哪？研究四脚蛇也得有个头哇……咱高中班长让我跟你说一声，她赶在春节前结婚，要你也去。”

“不去。博士津贴还没下来，谢绝一切烧钱行为。”

“过了春节，哥也要办了，能给个面子不？”

“没钱！再说吧，再说吧。”陶勤知挂了机。手机还没放下，老家又来电话了。

“陶陶，我是你爹啊。刚给你捎去的那件‘阿迪’棉大衣还合身不？”

陶勤知低头看看衣服上闪亮的“阿迪王”标志：“爸呀，还可以……过段时间，等我学校的钱下来了，我就寄给家里。放心啦！”

身为长子却混成这样，二十八岁的陶勤知心里不觉一酸。

刚回到被窝，研究所基因工程组的小秦又打来电话：“帅哥，起床啦？有个好消息告诉你呀。”

陶勤知“咚”一声跳起来：“咋，钱下来啦？”

“啊，那个还没呢……不过，项目组的组长要由你来当了。”

“为啥？”陶勤知感到大事不妙。

“张学姐昨天正式回家休产假了。”小秦发出坏笑，“待会儿你就到研究所来吧，审批会下午就开始。”

“完蛋玩意儿……”陶勤知把手机往枕头上一砸。这摊子倒霉事儿，终究还是落到自己这倒霉脑袋上来了。

二

环艺旅游资源开发公司产品开发部的人今天过来了一大堆，全都是一脸严肃的模样。负责人金主任更是面部肌肉僵硬。

“直接进入正题——你们的项目组负责人是不是又换了？”金主任咄咄逼人地问。

“唉，是是……”李教授挠着光秃秃的头皮，使劲儿向他赔不是，“不用担心啊，咱们小陶同学的科研水平也是一流的……”

“行了，我知道了。”金主任挥了一下手，“今天公司也派来了一些骨干，就是想实际地讨论一下。现在这个工程到底是怎么回事……”他的手指在会议桌上有节奏地敲出“啷啷”声，“怎么会搞成这样！”

陶勤知可不吃他这一套，索性准备豁出去说实话。他打开投影机，墙上映出一些最新出炉的培养室里的监控相片。相片上的笼箱角落里，有一团灰白相间、毛茸茸的东西。它屁股后面伸出一条光秃秃的长尾巴，上面沾着不少粪便，脑袋则钻到了翅膀下面，就像一只睡熟了的野山鸡。

“这就是你们花三个月搞出来的恐龙？”金主任抢先训斥道。

“不错！”陶勤知昂首说，“学名：蜥臀目兽脚亚目驰龙科伶盗龙亚科伶盗龙属蒙古伶盗龙。英文种名：Velociraptor mongoliensis。”先上来一堆专业词汇，镇一镇他们。

但金主任也不是吃素的：“别再给我扯这些没用的了。上个星期我过来视察，你们就躲躲闪闪的，现在还要跟我说这只野鸡就是恐龙。你当我二傻呀？”

小秦忍不住就要笑，陶勤知赶忙踹了她一脚。面对这类钱多人傻的科技盲，必须拿出些理科生的气魄来：“染色体序列检测结果全部都吻合，这只‘野鸡’就是恐龙。”

“不要再蒙事儿了！恐龙哪里来的羽毛！”金主任火气渐增。

“啧啧……哎……”陶勤知故意摆出无可奈何的表情，“学术界已经公认多少年了，小型虚骨龙类和驰龙类的恐龙浑身覆盖有羽毛和飞羽，并且与鸟类始祖有密切的进化血缘关系，这都是板上钉钉儿的常识性事实。我们组里都是研究恐龙多年的专业人士，在这种基础得不能再基础的原则问题上，除了坚持真理，我们别无选择。”他也敲起了桌面。

投资公司员工们纷纷摇头，营销部负责人更对陶勤知这副专业口吻极为不满：“我想你搞错了一件事——很简单的一件事，合同里白纸黑字——我们要你们复制的是恐龙！公司要拿给游客们看的是恐龙，不是山鸡！‘恐龙生态乐园’不是养鸡场！”他身旁的同事们赶忙发出适时的笑声。

陶勤知对无知的忍耐是有限度的。他咧开嘴说：“那我倒想请教一下，贵公司想要的‘恐龙’究竟是个‘神马’玩意儿？”

金主任捅捅身旁的小跟班：“放给他们看。”

小跟班慌忙掀开笔记本盖，找出一堆视频资料，投影在墙上。

两头灰白色的迅猛龙龇牙咧嘴地追着两个小孩；三头有虎纹的迅猛龙敏捷地在小屋里跳来跳去；一群红蓝相间的迅猛龙在草地上追猎一群鸭嘴龙……

“这就是恐龙。不用我再提醒你们了吧，恐龙专家们。”金主任点燃香烟，把小秦呛得直咳。

“您放的是好莱坞电影里虚拟的怪物。我们是为了复原真实的伶盗龙，不是去造什么电影主题公园。”陶勤知还是不肯屈服。

“问题是我公司已经在你们这儿花掉了一百二十万元。根据合同，你们就得按照我们的设想来搞。现在你已经知道我公司需要的产品是什么样子了，照着做就可以了。”金主任强忍怒气弹弹烟灰，“我给你钱，你给我做东西，我让你做什么样的东西你就得照着做，要你做什么颜色你就得做出什么颜色来。叫你做‘迅猛龙’，你就别给我整那些洋文啊、‘领导龙’啊什么的学名。要你们做恐龙，你们做鸡那就不行！”

“那我做不到。”陶勤知干脆地说。

“你再说一遍？”金主任怒目圆睁。

李教授年纪大了，有点儿吃不消这种场面，挣扎着圆场道：“其实……其实呢，小陶只是在古生物学方面比较有造诣而已。技术上的事儿，还得让工程组的小秦来说……小秦，快起来谈谈。”

小秦站起来，摸着马尾辫显得很是紧张，只好扶扶眼镜低声说：“我们做的‘逆向基因显性重制工程’，只能按照基因的本来面目去复原；至于造出一种完全虚构的生物，恐怕目前……”

金主任长吐一口气，把项目文件往桌上“啪”地一砸。其他人也是叹气。

“既然做不出来，那就是违约。一切都按合同办吧。”投资公司阵营的人们开始起身收拾东西。

就知道今天要倒霉，陶勤知心里怨恨不已。难怪学姐早早找借口撤了——与造恐龙比起来，造小孩简直跟吃饭一样轻松愉快。眼看这个黑锅自己背定了：项目组完了，学期课题完了，论文也完了……进嘴的一百多万元研究经费必须吐出来不说，学校还得倒赔。

“这回院领导非把我弄死不可！”

想赶在年前拿到八万块钱酬金，回家过个风光年给爹娘长长脸的计划，看来是彻底泡汤了……陶勤知两手紧握，心里在犹豫：到底要不要做出那个艰难的决定？

“……只要按照你们说的做就行，是不是？”他的声音低了下来。

金主任停下手里的事，望向他。

“那是自然。”

“喂！”小秦忙摇摇他的手，但被他推开了。

“其实可以做的……再给一次机会让我们试一下吧。”陶勤知的话随着一口气轻轻从牙缝里泄出，他觉得自己像个被扎漏的气球。

三

“祛毛？没门儿没门儿！”小秦的头摇得像拨浪鼓。

陶勤知摁住她的拨浪鼓：“有门儿的。”

所谓的“逆向基因显性重制”，解释起来并不费劲。高等生物的胚胎发育过程，蕴涵了从原始低等阶段向高等阶段进化的大部分过程；鸟类与恐龙之间的进化关系虽然尚不完全明晰，但基本路径已大体摸清。“逆向重制”所要做的，就是在鸟类（主要是雉鸡）的基因里，把从恐龙祖宗那里继承下来的休眠基因挖掘出来，改变胚胎发育路线，让雉鸡返祖。现在已知，驰龙类与鸟类关系最亲密。这样就可以从鸟类回溯到驰龙类。而伶盗龙——即所谓的“迅猛龙”——在大众文化中地位很高，商品开发潜力巨大。环艺公司正是看中了这一点，投石问路，打算先搞一批迅猛龙出来，关进公园里展览，狠赚一笔。

“可是地球上根本没有‘无毛伶盗龙’这种东西呀，再怎么复原也不可能做出来！”

“你们的 QTL 定位小组真的把所有染色体都搞清楚了？”

小秦拨开陶勤知的手：“哼，你不相信我就算了。”

陶勤知双手捂脸，脑子里乱成一团。反正都决定了，要做就干脆做到根儿上吧。“直接把毛给拔光了拉倒……”

“你还是不是人呀？”

“事到如今还说这种废话……”他透过指缝儿，迷茫地扫视研究所的食堂。这会儿，工程组组员们啃鸡腿啃得正来劲。李教授在努力咀嚼鸡爪子，秃脑门儿上汗津津的。陶勤知小声嘟囔：“丢了项目，看你们大家都喝西北风去。”

陶勤知瞪着李教授的脑袋正出神，猛然间手一挥，狠狠地拍在不锈钢餐桌上。

五天后，工程组全体成员聚集在一只新笼箱旁边，议论着眼前这个丑陋的小生灵。陶勤知微笑着说：“怎么样，我说有门儿吧。”

小秦只是皱眉：“真恶心。”

受到李教授“地方包围中央”的那颗秃脑袋启发，陶勤知决定让这头新生伶盗龙罹患先天性脱毛症。工程组使用大量的限制酶，在染色体各处动了手脚，造出了这头天生无毛的可怜小动物。陶勤知用“二号龙”的代号称呼它。

“速度还不够快……继续加大生长激素的剂量。”陶勤知下令，“在三天之内让它生长为成熟幼体。”

“这么多激素不要紧吧？会有不稳定的风险……”小秦担心。

“靠，咱们上学的时候天天吃洋快餐的鸡腿、鸡翅膀，还不照样正常得很。”

小秦笑道：“谁说的？我看你就最不正常。”

报时钟响了，众人纷纷拔腿奔向食堂。

光溜溜的二号龙蜷缩在草堆里，瑟瑟发抖。隔壁的另一个笼箱中，最早出生的那头丑陋的伶盗龙一动不动，仍旧呼呼大睡。

四

“……嗯。哎，没事儿。妈，您就踏踏实实地准备过个好年吧……哎，我这儿还有个会，等结束了再打给您。”陶勤知斜着眼睛，瞟见金主任怒气冲冲地朝自己走来，慌忙找借口挂了电话。

“怎么……”

“你自己过来看看！”金主任厉声说。

即便是科盲如金主任，这会儿也能看出二号龙快要不行了。体温计数字已经持续很久低于三十九点五摄氏度，心跳和脉搏速度也没有恢复的迹象。它眼瞅着就要冻死在众人面前。

“早不死晚不死，偏偏在审批会这一天出毛病！”陶勤知恨得牙根直痒。他当然知道，伶盗龙这类典型的温血动物跟鸟类极为相似，幼体时期就脱毛是极其危险的。幸好，他还是有所防备。

“我们还制造了另外几头备用品。”他小心翼翼地对金主任说。

“甭跟我说这个，没用！”金主任伸出食指，戳得笼箱砰砰直响，“是死是活我暂且不提。你指望我们公司会拿这种丑八怪一样的产品，去面向消费者吗？你这是什么狗屁恐龙？根本就是只拔了毛的冻鸡！”

二号龙的身体剧烈颤动，惨白的皮肤上遍布鸡皮疙瘩，有些部位还渗着血，确实是不堪入目。

“不行，绝对不行。”金主任掏出烟盒。

小秦脱口喊道：“研究室里不准吸烟！”

“呵呵……我看你这研究室也留不了几天了吧。干脆你们大家一起打包袱回家，提前过年算了！”金主任怪笑着把烟盒放回衣袋里。

笼箱顶端的仪器发出刺耳的长鸣。二号龙的生命已然走到了尽头。

这天的午饭和晚饭，陶勤知根本就没心思吃，只是一刻不停地在揉脸。“思路不正确……”他感觉自己也跟冻鸡一样浑身发冷。

温血动物最重要的体征就是毛发。哪怕笼箱内空气温度控制得再好，幼体对温度依然还是过于敏感。目前流行的恐龙行为生态学认为，伶盗龙有一套复杂的社会化育儿机制：幼体在成熟之前不能离开长辈们体温的保护。可现在到哪儿去给这帮冻鸡仔找保姆呢？

“要么，让一号龙来？”小秦瞄了两眼仍在熟睡的一号伶盗龙，试探着问。毕竟是自己手里诞生的第一头恐龙，小姑娘对它还是有感情的。

但是陶勤知此刻耳朵里听不进别的。“冻鸡！”他耳内回荡着金主任嗤笑的声音。老家又打电话过来了，可他丝毫没留意到。

“或者我让工程组再试试看，比如改造一下端粒，让它们体型小一点儿？”小秦说。

“开玩笑。体型越小的动物，需要的热量值越高，这是常识！”陶勤知嚷道，“小一点儿？那你干脆把它们做成裸鼹鼠那样，整天待在土里面算了！”

无论如何，不管是领导、记者、国际友人，还是花血汗钱买了门票领着孩子来参观的家长们，都绝不可能接受一只身长两米半、体重二十五千克的巨型冷冻鸡，在他们面前神气活现地跳来跳去。

人们根本就不想去看恐龙。他们想看的，是电影中的怪兽在自己面前活生生地站着，嘶鸣，吼叫，张牙舞爪，然后再把那些牛和羊给撕成碎片！

看来打从根儿起自己就想错了……

陶勤知瘫倒在偌大的会议桌上。他终于想通了。正是“学海无涯，回头是岸”，他又一次抛开了所谓的学术枷锁。

“还谈什么科学啊！对牛弹琴！”他瞪着眼睛咬牙切齿，“就想看怪兽是不是？行啊，给你们好了！”

五

三号龙又在发呆了。这正是一天里阳光最充裕的时刻。它肚皮着地，一动不动，两眼也没有神采，根本看不出跟活泼好动的鸟类有什么相似之处。一个星期下来，陶勤知他们也习惯了三号龙这种晒太阳的癖好。研究所的室外围栏是全封闭的，围栏内二十四小时恒温控制。即便是现在这样的寒冬腊月，也无须担心三号龙的保暖问题，但是这家伙依旧养成了每天中午晒阳光浴的习惯。

“你说，它要是去了恐龙园，那里的围栏也会跟我们一样，有透明天花板吗？”小秦问陶勤知。

“我不关心这个。只要那帮傻瓜记得把它放进空调房间，别让它冻死了就成。”

这时候，扬子鳄实验体三十八号开始缓慢移动，爬到了围栏内的温水池边，“扑通”一声钻了进去。三号龙起身嘶叫了两下，跟在那鳄鱼的屁股后面，也钻进了水里。

“倒是这爱好游泳的习惯，真是个麻烦……”陶勤知叼着圆珠笔，眉头紧皱。他心里琢磨，这种行为现象或许也是必然，毕竟三号龙与其说是恐龙，倒不如说更接近鳄鱼。

为了让伶盗龙彻底“怪兽化”，工程组在三号龙复原工程中加入了大量鳄鱼 DNA 片段，采用“多次异种代孕法”进行培育。第一次培育出来的着实是头怪物：一身灰白色的鳞片皮肤，个别角落部位却又扎出几丛突兀的白色毛发，要多恶心有多恶心。由于陶勤知使用了极大剂量的激素，这个怪异的雄性生物一直都病歪歪的。

幸好它的精子活力尚佳。工程人员取出精子，植入它的“母亲”——三十八号扬子鳄的体内，进行再一次培养，便造出了眼前这头所谓的“恐龙”。它有伶盗龙的身体结构，浑身却披着墨绿色的鳞片，本来灵动如鸟的双眼也变成了鳄鱼眼睛；而且它是一头标标准准的冷血动物。

“完美！这才是真正的恐龙！”几天前，金主任视察三号龙，给出了十分满意的评价，“但这颜色还是太像鳄鱼，绿油油的。”

陶勤知回答他，工程可以继续改进，通过染色体修改鳞片的颜色和纹路。

“来不及咯，再有两个多星期就到春节长假了……也无所谓了，到时候我让员工给它身上直接涂花纹就好。”金主任倒是有土办法。

这货如此爱洗澡，到了展出时，身上的“彩绘”恐怕会出纰漏。陶勤知心想，强迫它不下水也不行，弄不好还会再出什么岔子。

正在思考的工夫，李教授给他打来电话：“环艺公司的人现在到大门口了，一会儿直接去你那边审批。你们准备一下吧。”

大厅门口处，一个中年男人夹着手包，满面笑容地跟陶勤知握手：“我是环艺公司的开发部主任，请多指教。你们都很年轻嘛……”

陶勤知接过他的名片看了看，奇怪地问：“钱主任？”

“呵呵，叫我老钱就行。”

“原来那位金主任呢？”

“哦，他调离了。现在由我负责产品开发。”钱主任对新产品很期待，催促陶勤知赶紧带自己去看看。

围栏里头，三号龙在水里游了一阵，爬回自己母亲（同时也是祖母）身边依偎着，舔着对方的颈项。

“怎么样？颜色问题嘛，金主任跟我说还是不难办的，直接往身上涂颜料。”陶勤知笑着说。

钱主任看着陶勤知笑容满面的样子，合上眼睛拼命摇头：“你们这样简直是瞎搞。”

“呃……那就让工程组的人再重弄，修改它的……”

“不是这个问题！”钱主任突然瞪大了眼睛，大声叫嚷，“你们怎么瞎搞成这种样子啊？！你们到底懂不懂科学？都什么玩意儿！”

陶勤知和小秦除了被吓傻之外，做不出任何别的反应。

“呵呵，你们真的是恐龙专家？连我这个大外行都看得出来，这孙子压根就不是恐龙！迅猛龙啊，怎么可能长鳞片？迅猛龙应该浑身全是毛！喂，专家呀，你明白我的意思吗？”

“不明白……”陶勤知的脑袋开始剧痛，“先前你们金主任不是说……”

“我不管之前哪个主任说过什么话。现在我告诉你，恐龙都应该是长毛的！这话恐怕不该由我来说给你们听吧，恐龙专家们？”钱主任的表情，在愤怒和嘲笑之间不断变换着。

咬裂了嘴里的笔杆，陶勤知这才勉强回过神来。看来自己也遇上了那个经典问题：领导更换之后，许多工作也会随之被彻底否定和推翻，只得痛苦地从头再来。

只有小秦的心里乐开了花：“总算来了个懂点儿科学的投资人了！”她开心地想着。

“我们还有备用的产品呢。浑身都是毛，漂亮着呢。”小秦对钱主任说。陶勤知明白，她指的是一号龙。

“都是毛？这还差不多。”钱主任总算安下心来，又催促两人带自己来到一号龙的围栏边。

它现在已经长得半大了，正精力旺盛地四处走动，一身的黑白条纹羽毛，细长的尾巴不停地上下摆动，仍旧是光秃秃的。陶勤知很惊讶，才过了半个月不到，这小家伙居然能长这么大了。难道是基因纯正的缘故？

“嗯嗯，这才像话。不过羽毛还是有一些问题，太长了，太像鸟。”钱主任评论道。他掏出资料看看：“最好是那种细细的绒毛，带点儿各种颜色的条纹……就像迷彩服那样。比较漂亮。”

陶勤知看看他手里的资料图片，发现是各种臆想性质的恐龙复原图，不把恐龙画得比孔雀还美就誓不罢休的那种，根本没有一丝一毫的真实感和存在感。

“没问题，春节前就能做出来。”他答应了。

钱主任点点头，语重心长道：“我们做恐龙生态园，讲究的就是科学态度，一定要让游客看到漂漂亮亮的长毛的真恐龙。这样才能弘扬科学精神，寓教于乐。这也是公司昨天开会做出的决定。”他充满关怀地拍拍陶勤知的肩，“做学问就是要讲科学。年轻人，牢记，牢记！”

六

“行了，爸，老说老说的，太絮叨。”尽管陶勤知努力克制，语气还是不由自主地不耐烦起来，“都说了票已经买好了，票都买好了我能不回家？嗯，就这样，回头再说。”手机还没来得及放下，桌上的传真机又开始“吱吱喳喳”乱叫。

年关将至，各种烦恼纷至沓来。研究所附近的风景区供电处已经来过电话，说春节期间可能要执行分时供电。这对研究所内的保温系统来说可是一大隐患。所内的备用物资，尤其是肉类饲料的供应早就告急多时，然而和项目挂钩的市内科研机构，这两天却提前放假，饲养用肉肯定是没戏了。还有各种人员的请假申请、物流清单、年终福利发放单、汇报总结书……简而言之，每逢佳节倍烦忧。

陶勤知猛吸两口烟，捻起刚到的传真纸，上面打印着环艺公司最新版的“产品功能详情单”。他赶忙起身出门，边读边往试验用围栏场方向走去。

一名工程组成员端着相机，正隔着围栏给四号龙拍照。“这回怎么样，还都符合他们要求吧？”他问陶勤知。

“不知道。先看看再说。”

四号龙的状态一直很好，温驯地立着，眨着眼睛四处张望。它的样子很像一只头上长有发冠的条纹鸵鸟。陶勤知对照详情单，一条一条地对它进行检查。喙部形状和牙齿都没有问题，前肢处的毛发长度也控制在要求范围内；腿踝那里，该露出来的角质层也都露出来了。

“二趾爪还需要再磨亮。”陶勤知盯着那对弯钩状的爪子说道。这是伶盗龙身上最具代表性的身体特征，然而他始终没弄明白其功能。无论是喂食还是进食的时候，四号龙从来不用第二趾的大爪去触碰食物。难道它不是用这俩大爪子去捕猎的吗？也许恐龙园以后会训练它这么做吧。反正这家伙跟真正的恐龙也没有关系……陶勤知心想。

最后，是最最关键的毛色问题。四号龙身上的绒毛遍布着十几道狭长的条纹，按照“棕黄白”的顺序排列。这已经是染色体操作小组尽最大努力所能弄出的效果了。虽说谈不上绚丽，但这比一号龙单调的黑白两色还是强得多。

“幸好他们没让你把恐龙弄成可以变色的，不然我们全都要跳楼了。”工程组组员嬉笑着说。

陶勤知也笑了，心里却又是一亮。

“一头可以随光线和环境变色的恐龙？不知道他们会出多高的价钱来买啊……”

做好附上图片的每日报告发给钱主任后，陶勤知的心情总算好多了。他摸着肚子走进食堂，看见小秦正一个人坐在窗边，对着窗外漫天的雪发愣。

“又发啥呆呢？”陶勤知走过去拨弄了一下她的辫子。

小秦板着脸看他，从口袋里掏出一个小东西，气呼呼地摔在餐桌上。那是三号龙专用的金属脚环。

“刚才我去饲料处理房，发现切割槽里居然有这个东西！”小秦嚷道。

“怎么了？可能是谁瞎扔的吧……”

“你胡说！”小秦来气了，“那你告诉我，三号龙现在在哪里？是不是也被你们做成饲料了？”

“那又……你问这么多做什么？你又用不着关心这些。”陶勤知高高捧起不锈钢饭碗。

“你们真是没有人性！”

陶勤知“砰”地把碗摔在桌上。

“你还真烦人啊……你不知道研究所里的肉不够用了吗？三号龙本来就是不合格产品。现在肉那么贵，货源又那么紧，你做的那些个宝贝小恐龙一个个又那么能吃！有肉吃就不错了，难道要我从自己身上割块肉下来喂给它们？”

陶勤知觉得自己已经很克制了，其实还有很多小秦不该知道的事。比如，在当初喂养三号龙所用的肉里面，有些就是从它那丑陋的“父亲”身上割下来的……

可小秦还是气得眼泪都要掉出来了。她摇摇头：“幸好‘小一’走得及时，才没被你们给虐待。”

“小一”是她给一号龙取的昵称。陶勤知听到这话，心里觉得有点儿不舒服。

三天前，也不知道一号龙哪根 DNA 搭错了，它浑身泛起一层灰不拉唧的琐碎绒毛，四处乱飘，性格也暴躁起来，好几次试图攻击饲养员。也是它命不好，后勤组刚进来的研究生不慎将镇静剂的剂量配错了，一针打下去，它的心脏便再也没了动静……后勤组员将它扔进了堆放饲料用的露天平台等待处理。可等到第二天陶勤知再去看时，连尸首都找不着了。

急促的电话铃声打断了他的思绪，是李教授催他去开视频会议。走出食堂前，陶勤知回头看看小秦，有些僵硬地对她笑道：“你就别再心烦了。恐龙嘛，本来就该是灭绝的货……”

七

“……好嘞。烟和酒的事儿由我来办，家里头还是备点儿大白菜吧，腌肉在菜场买个几条……别净记挂钱，我能挣。哈哈。”

今天的天气终于放晴，阳光斜洒进小办公室内。陶勤知只觉得浑身舒适，打了个哈巴狗式的大哈欠。

“总算是解放了。”

四号龙已于昨天验收合格，可以赶在年关之前交货。再过不久，恐龙园的工作人员就要过来将它装车运走。等过完春节，陶勤知就直接去环艺公司报到，作为该公司的签约员工，参与后续的跟进项目。合同都已签好，再过个把小时，他就可以拿到那三万块的先期酬金。不过在此之前，他打算先来个节前大扫除，反正就要跟这家待了两年半的研究所说拜拜了。

有人推门进来，是小秦：“你都收拾开了？”

“还没，一团乱，不知道咋收拾。要不你来帮个忙？”

小秦点点头，便一声不吭地开始帮陶勤知整理书籍和资料。

两人一直没讲话，直到小秦不小心从书架上碰倒了一个纸盒子。“这是什么？”她捡起来问道。

陶勤知拿过来，轻轻地“噢”了一声。盒子里装着一架廉价的国产迷你显微镜。高中时，陶勤知还是班上的生物课代表。有一次他参加省里的生物知识竞赛，拿了一等奖。生物老师特地把这玩意儿送给了他，鼓励他将来继续钻研科学。

“还要吗？”小秦问他。

陶勤知摇摇头：“不是什么值钱的东西。小时候不懂，还拿它当个宝贝。幼稚……”他将这纸盒子扔进了装垃圾的黑塑胶袋里。

恐龙园的搬运车提早来了。大伙儿将四号龙牵进露天围栏里。气温还很低，四号龙的细绒毛显然不足以保温，因此它不停地打着冷战。

“你们都放心吧，恐龙园的条件只会比你们研究所的更好，绝对冻不死它。”钱主任叉着腰说。他从手包里取出一个挺厚的信封，敲敲陶勤知的手背。

“给你的奖励。回去跟爹妈过个好年！”

陶勤知接过信封，捏捏它的厚度，心里琢磨着要不要打开来点点数。哪怕只看一眼，自己的心情都会好起来。

过了好几年一穷二白的学生生活，如今他总算有所收获了。过完这个春节，就是一个新的开始。环艺公司的“恐龙复原计划”这才刚刚起步，有足够的舞台可供他施展才华，也有足够的钱等着他去赚。

仿佛有种什么声音，很熟悉的声音，在轻微地回响，一下子把陶勤知从畅想里拉回了现实。这好像是一种鸟叫声。

一道清灵而悠扬的鸣声，在众人头顶上方回荡。陶勤知脑子里“咯噔”一下，信封也差点儿掉在地上。那鸣叫声很像是山地鹰类，却更加响亮，显得悠远绵长。

大伙儿不禁仰头朝天空望去。

有一只大鸟正在研究所的上空盘旋，越飞越低。渐渐大家可以看清，这只大鸟的翅翼甚为舒展，通体修长，尾翎丰满，正顺着风势飘荡。有人不禁停下手里的工作，掏出手机或相机拍摄。

大鸟飞得越来越低，显示出其硕大的体型。它不断啼叫，以一种与自身体格不相称的轻盈姿态，轻巧地落在了一根电线杆的顶端。那种优雅和灵气，超越了陶勤知所见到过的一切鸟类。

它浑身披着丝滑柔顺的飞羽，长长的颈项自然弯曲；两眼橙黄明亮，炯炯有神；狭长的嘴喙是鲜嫩的柠檬黄色；头顶有一丛艳丽的橘黄色羽冠，并向背脊处延伸，贯通后背；尾羽极其修长，正不停地上下翘动；末端的羽毛簇呈椭圆状，圆环形的花纹就像一只大眼睛——就连孔雀的尾翎也没有这么夺人眼球。

至于它浑身的毛色，如同童话故事里的那只七色鸟：通体光泽闪亮的蓝紫色；体侧横着一道贯穿全身的玫瑰红色条纹；腹部绒毛好像海水那样，蓝得发亮。硕大的两翼也呈现出这种“紫红蓝”的序列条纹，却更加繁复多姿，似乎每一根飞羽上都有数种不同的色彩在交相辉映。最妙的是，它这一身五彩斑斓的靓丽羽毛，能够随着阳光照射的角度而不断变幻色泽，反射出来的光线仿佛霓虹灯一般，无时无刻不在闪耀。

但最令陶勤知在意的，不是它那绝世的美貌，而是在它修长嫩黄的腿上，有一只小小的金属脚环正在不断反光。

八

“它……它是……”小秦失声叫出来，忙朝陶勤知看去。还没等大伙儿从惊叹中缓过神，大鸟已经张开双翼，如同闪电般飞速扑下，直直地朝四号龙这边飞蹿而来。

自小在温室和激素中泡大的四号龙，此刻已经吓傻了，双膝跪地，屎尿流了一地。大鸟“扑通”一声，重重踩在它的背上，张开布满雪白利齿的大嘴，用力钳住它的喉咙。随即就听到一连串骨骼碎裂的声音。

钱主任第一个反应过来，发疯般地大叫：“快，快打它！你们在干什么！麻醉枪在哪里？”

几个工作人员急忙从车厢里翻出麻醉步枪，却死活也寻不见麻醉弹。待钱主任再回头看时，四号龙——公司最珍贵的摇钱树，已经被大鸟给卸下了脑袋，污血正从脖子里肆意喷洒出来。小秦死死抱住工作人员的胳膊，挡开他们手里的枪。

“那是一号龙，是我们这里做出来的，是真正的恐龙！”她冲已经傻掉的钱主任大喊。

“到底什么情况……恐龙？”钱主任揪住陶勤知的衣服问道。

但陶勤知只是目瞪口呆地立着，看着一号龙大嚼四号龙的头颅。他知道一号龙是真正的伶盗龙，却从来没有想过，发育成熟的它居然是这么一副形态。

“它真的会飞！它真的就是鸟类的祖先！”

一定是有人给它使用了生长激素，它才得以迅速地成熟了。看来，伶盗龙的毛色会随着年龄的增长而改变。几天前，一号龙应该正好处在换毛期。估计那管剂量有误的镇静剂，只是让它假死了一阵。

在那污秽不堪的露天饲料处理场里，慵懒丑陋的一号龙消失了，待它重新出现时却是一个能够在空中翱翔的美丽生物，一个令所有鸟类都不得不仰视并为之恐惧的、真正的“天空之王”。

在钱主任的催促下，后勤组员们总算从值班室里找出了两匣麻醉弹，并迅速填进步枪的枪膛里。“弄它下来！这玩意儿可值老鼻子钱了！可千万别把羽毛打坏啊！”钱主任命令。

一号龙竖起颈子，用它那对明亮的眸子盯着众人。

两枚麻醉弹冲着它的胸膛飞去。一号龙毫不犹豫地“呼啦”一声腾空而起，如同一道五彩斑斓的闪电直蹿上天。它避过子弹，在空中左右腾挪，灵活地扭动身躯，振翅飞向研究所围墙外的一棵雪松，用爪子扣住了松树的枝杈。

陶勤知瞪大双眼，看着它爬树时那敏捷的身手，双足上的巨爪正牢牢地握住树枝，心里恍然大悟：原来伶盗龙第二趾的巨爪并非杀戮武器，而是用以攀爬的固定爪。

太远了，已经超出了麻醉枪的有效射程，大家全都垂下了枪口。再也没有人可以伤害这位“天空之王”了。

小秦激动得眼泪鼻涕直流，情不自禁地朝那个方向跑去，边跑边呼唤它的小名。

“小一！小一！”

陶勤知斜靠在栏杆上，轻轻叼出一根香烟，微笑着摇头。一定是她给它注射的生长激素。

“真是好东西！”钱主任不由得啧啧称奇，“这辈子也没见着过这么给力的玩意儿。小陶你说，这家伙够不够当咱们的‘镇园之宝’啥的？”

“什么镇园之宝？”陶勤知故意反驳他道，“它又不是恐龙。”

“书上不是说，这什么什么龙，很可能是那些个鸟类的老祖宗吗？”钱主任翻出包里的各种资料查找起来。

陶勤知却一屁股坐在了覆满积雪的地上：“书上的都是猜测，没看到活的，研究一辈子标本都不可能真正弄明白这件事儿……乐死我了！”他捂紧肚皮，笑得浑身发抖。

钱主任不解地瞧着他，问：“不管它是不是恐龙了……怎么办？现在咱们该怎么抓到这个玩意儿？”

“抓不到了。一辈子也别想抓到它。”陶勤知放心地躺在雪地里，合上双眼，满脸都是无比快乐的表情，“这辈子能够看上真正的恐龙一眼，就够本儿了。”

世界上的一切都只是浮云。此刻他心情愉悦，现在就想这样躺着，笑上一辈子。

此刻，一号龙立在树顶，昂起脖子高亢地鸣叫了数声。两只巨大的翅膀高高扬起。在阳光的照耀下，两翼一层层绚丽多彩的羽毛散射出一团犹如彩虹般的光芒。

它终于飞走了，那鲜艳夺目的身影随之消失在墙外的山林深处。只剩下那棵松树还在兀自摇晃，仿佛所有一切都是一场梦境。